Nur Monster mögen Ananas auf Pizza

Von Marie-Christin Spitznagel

IMPRESSUM

© 2024 Marie-Christin Spitznagel
Verlag: BoD • Books on Demand GmbH, In de
Tarpen 42, 22848 Norderstedt
Druck: Libri Plureos GmbH, Friedensallee 273,
22763 Hamburg
ISBN: 978-3-7597-9511-3

DANKE!

Wie es sich gehört, möchte ich an dieser Stelle, direkt zum Einstieg, einmal »Danke!« sagen. Ganz klassisch bedanke ich mich natürlich bei meinem hinreißenden Ehemann, dem Rest meiner wundervollen Familie, meinen Testlesern und allen Unterstützern. Ohne Euch wäre dieses Buch natürlich nicht da, oder wenn, dann nur halb so gut.

Wenn überhaupt.

Und zu guter Letzt: Danke, an jeden meiner Leser. Ohne euch wäre das hier sowieso alles nur halb so schön.

Also: Danke und viel Spaß!

PROLOG – WAS IST EIN MONSTER?

Wie du, lieber Leser, schon erraten kannst, geht es in diesem Buch um Monster. Gruselig, oder? Gefährlich, furchteinflößend. Oder nicht?

Es geht um Monster und um Monsterbekämpfer. Allerdings nicht ganz klassisch. Es ist nicht ›Siegfried und der Lindwurm‹ oder ›Perseus und die Medusa‹. Nein, ganz so einfach ist es nicht.

Beschauen wir uns zunächst das Wort, den Begriff ›Monster‹, der inzwischen so vielfältige Metamorphosen durchlebt hat. Wenn ich ihn einfach so benutze, an welches Monster denkst dann du?

Schreibe ich über einen Minotaurus oder über Dr. Frankensteins künstlichen Menschen aus Leichenteilen? Oder schreibe ich über Firmenvorstände, die sich bereichern, indem sie ihre Arbeiter ausbeuten? Oder über Menschen, die an der Börse mit Nahrungsmitteln spekulieren? Das sind schließlich alles ›Monster‹ im weitesten Sinne. Aber über sie schreibe ich nicht.

Ein bekanntes Online-Lexikon beschreibt ›Monster‹ (oder das Synonym ›Ungeheuer‹) seien widernatürliche, meist hässliche und angsterregende Gebilde oder Missbildungen. Das Wort ›Monster‹ selbst leitet sich vom lateinischen *monstrum* ›Mahnzeichen‹ sowie *monstrare* ›zeigen‹ und *monere* ›mahnen‹, ›warnen‹ ab.

Monster sind also manifestierte, hässliche Warnungen. Aber wovor?

Sie sollen zeigen, wie schrecklich und gruselig Wesen sind, die ›unnatürlich‹ oder ›missgebildet‹ sind. Ein bisschen diskriminierend, wie ich finde. Aber lösen wir den Begriff ›missgebildet‹ mal von gängigen Missbildungen ab, die Menschen inkludieren würde, die eine körperliche Behinderung haben. Die sollen hier, in diesem Kontext, natürlich nicht angesprochen sein. Weil ich das doof fände. Das große Onlinelexikon schreibt weiterhin: »Im engeren Sinn bezeichnet er[1] ein, meist im Verhältnis zu einem idealtypisch gesehenen Menschen, ungestaltes Wesen.«

Ein Monster ist also das Gegenteil des idealen Menschen.

Sie sind, wenn man annimmt, der Mensch wäre an sich in seinem Ideal gut, sanftmütig und schön; hässlich, grausam und schlecht.

Wenn man annimmt, unser idealer Mensch wäre schön, gut und insgesamt ein dufter Typ. Betrachten wir jetzt in einem weiteren Schritt mal Menschen, die wir (und ich bin jetzt einfach mal so frei ›wir‹ zu sagen) als prominent und nachahmungswert ansehen, als unsere ›Ideale‹.

---

[1] (der Begriff ›Monster‹, Anmerkung der Autorin)

Geh du, lieber Leser, doch einfach mal in deinem Kopf eine Liste der ersten Prominenten, die dir so spontan einfallen, durch. Und dann frage dich, wenn diese Menschen unser Idealbild sind, wie ihr Gegenteil dann aussehen muss.

Also, lieber Leser, was ist ein Monster?

1   ER

Es ist schwer, ruhig zu blieben, dachte er. Es ist schwer, ruhig zu wirken, ruhig sein verlangte ja auch niemand, korrigierte er sich im nächsten Moment. Es war der Nervenkitzel des Jagens, die Vorfreude auf seine Beute, auf seine Belohnung.

Aber er konnte sich beherrschen, das hatte er gelernt. Seit Jahren lauerte er, wartete, beobachtete. Zugegeben, manchmal, da konnte er es sich einfach nicht verkneifen, manchmal spielte er ein bisschen mit seiner Beute. Aber ganz vorsichtig. Sie sollte ihn nicht bemerken bis zum letzten Moment. Erst, wenn es zu spät war, dann durften sie ihn erkennen.

Er spürte, es war bald soweit. Seine Zeit kam. Unauffällig wie eine Mücke in der Nacht würde er zustechen, aussaugen; wie eine Klapperschlange im Schlafsack eines unvorsichtigen Campers würde er zubeißen und Gift verspritzen.

Er würde ihre fassungslosen Gesichter sehen.

Und dann, dann würde er sie töten. Oder auch nicht. Diese Option hielt er sich offen. Er grinste vor sich hin. Manchmal fragten sie ihn, warum er vor sich hin grinste. Aber nicht oft. Warum sollten sie auch. Sie bemerkten sein wahres ich nie, weil sie nicht wollten. Menschen belügen sich gerne, um ihr Weltbild intakt zu halten.

Und genau das würde sie irgendwann umbringen.

2   DIE HEXE

Ihr Nacken prickelte. Tausend kleine Nadeln wanderten von ihrem Haaransatz hinunter zu ihren Schultern. Sie kannte das Gefühl. Es war nicht schmerzhaft, aber eine böse Vorahnung. Sie hatte diese Ahnungen nur selten, wenn etwas wirklich Gefährliches am Horizont drohte. Entweder versuchte ihr Junge wieder zu kochen, was er dringend seinem Mann oder Aurora überlassen sollte, oder noch größeres Unheil stand bevor. Hannah sog scharf die Luft zwischen den Zähnen ein. Hoffentlich ließ er nur wieder Sojaschnitzel anbrennen. Als Hans Peter das letzte Mal versucht hatte, einen Gemüseauflauf zu machen, hatte er die Sahne durch Null-Fett-Joghurt ersetzt und so war die Sauce eine eklige krümelige und flockige Masse geworden. Ganz davon abgesehen, dass er es geschafft hatte, das Tiefkühlgemüse zu verbrennen. Dabei hatte Aurora neben Hannahs Kräutergarten sogar mehrere Gemüsebeete angelegt.

Wenigstens hatte sein Mann für einen leckeren Nachtisch gesorgt. Diese dunkle Ausgeburt der Hölle, wie sie ihn liebevoll nannte, da er ja nun genau das war, erwies sich in der Küche als ein echter Glücksfall. Sie schnupperte suchend in der Luft. Es roch nicht verbrannt. Also lag ihre düstere Vorahnung nicht an den Kochversuchen ihres kleinen Jungen.

Was konnte es also sein? Sie musste dem Gefühl auf den Grund gehen. Vorsichtig legte sie das lange Jagdmesser, das sie liebevoll poliert hatte, zur Seite und setzte sich auf den weichen, bunten Flickenteppich auf dem Boden ihres Wohnzimmers. Sie spürte die warmen Sonnenstrahlen, die durch das Fenster auf ihren Rücken schienen und schloss die Augen.

Sie konzentrierte sich, streckte ihren Rücken durch und atmete tief ein, hielt kurz die Luft an und ließ sie dann in einem Strom raus. Sie atmete sich in eine Meditation, versuchte zu erspüren, wo die Gefahr herkam. Nach einer Weile, die fünf Minuten oder fünf Stunden gedauert haben konnte, sah sie einen dunklen Raum. Sie spürte harten Boden unter ihren Füßen, um sie herum war alles schwarz und endlos.

»Hallo?«, rief sie, aber nur ihr Echo antwortete. Was sollte sie hier sehen? Was wollte man ihr hier zeigen? Sie atmete weiter tief ein und in einem festen Strom aus. Sie musste tiefer in ihre Meditation einsteigen. Flackerndes Licht leuchtete jäh um sie herum auf. Sie sah eine graue Wand und den Schatten einer Frau. Aber niemanden, der diesen Schatten warf.

Da durchschoss es sie. Ein Gefühl, eine Präsenz, die sie schon sehr lange nicht mehr gespürt hatte und niemals wieder spüren wollte.

»Hallo«, hörte sie eine vertraute Stimme aus allen Ecken des Raumes erschallen. Der Schatten zitterte. Die Stimme war kalt, mit einem spöttischen Unterton. Sie erkannte diese Stimme und spürte, wie ihr dieser Klang die Luft abschnürte. Mit einem Ruck zog sie sich aus der Vision heraus.

Keuchend sah sie sich um, sie war in ihrem Wohnzimmer in Sicherheit. Aber wie lange noch? Es stand ihr etwas Furchtbares bevor, etwas das alles, was sie bisher erlebt hatte, übertreffen würde. Falls sich ihre Ahnung als wahr erwies. Sie hoffte falschzuliegen. Doch es war Zeit, ihre Machete zu schärfen.

Nur für alle Fälle.

3   KIM – VOR EINEM JAHR

*Das Erste, was sie spürte, war ein Schmerz in ihrer Arm-
beuge. Ein fieses Gefühl, das sie aus dem Schlaf ins Wachen
zerrte, auch wenn sich ein Teil ihres Bewusstseins vehement
gegen diesen Zustand wehrte. Der Nebel in Kims Kopf lich-
tete sich nur ganz langsam. Sie hatte keine Erinnerungen,
nur das Stechen in ihrem Arm. Sie schaute sich in dem
Zimmer um, das sie nicht erkannte. An das sie sich nicht
erinnerte, jemals hinein gegangen zu sein. Angst stieg in ihr
auf. Was war hier los?*

*Kim versuchte aufzustehen und stellte fest, dass eine
Kanüle in ihrem Arm steckte. Ich bin in einem Krankenhaus,
dachte sie. Okay, ich weiß, was ein Krankenhaus ist. Aber
ich weiß nicht, warum ich hier bin.*

*Neben ihr auf dem Bett lag eine Fernbedienung, mit der
sie die Krankenschwester rufen konnte. Sie atmete tief durch
und drückte den Knopf gleich mehrfach. Es dauerte eine
Weile, bis eine junge Frau mit bunten Haaren in den Raum
kam. Die rosa, orange, grün und türkisfarbenen Strähnen
ihres Haares waren hochgesteckt und am Hinterkopf zu
einem losen Knoten gebunden. Sie trug blaue Hosen und ein
Shirt in der gleichen Farbe.*

»Hallo, ich bin Anna! Was kann ich für dich tun?«, fragte sie mit fröhlicher Stimme. Bevor Kim antworten konnte, plapperte sie einfach weiter »Ist schon okay, dass ich dich duze, oder? Das passiert mir immer automatisch und du bist ja ungefähr meinem Alter, oder? Ein Glück bist du noch wach geworden. Ich hab mir ja schon Sorgen gemacht.«

Anna schüttelte Kims Kissen auf, ohne dass sie darum gebeten hatte, und plapperte munter weiter. Kim konnte nicht anders, sie musste lachen.

»Warum lachst du?«

»Du redest echt viel.«

»Oh, ja das stimmt«, sagte sie und lachte mit Kim zusammen.

Das war ein schönes Gefühl.

»Na, es scheint dich ja nicht zu stören!«

»Nein. Es stört mich nicht. Es lenkt mich ab. Aber ... kannst du mir helfen?«

»Ich werde es versuchen, was gibt es denn?«

»Warum bin ich hier? Wie bin ich hier gelandet? Was ist mir passiert und wer zur Hölle bin ich?«

Anna starrte sie an. Das waren zu viele wichtige Fragen auf einmal. In ihren Augen konnte Kim Mitleid erkennen und etwas Trauer. Anna trat langsam zu ihr ans Bett und legte ihre Hand auf die von Kim.

»Du wurdest hergebracht von jemandem, der danach abgehauen ist, ohne irgendwelche Informationen über sich dazulassen. Als jemand am Empfang nach deinem Namen fragte, wurde nur ›Kim‹ angegeben. Kein Nachname. Du hast ein schweres Schädel-Hirn-Trauma und warst bewusstlos, als du hier angekommen bist. Es kann sein, dass du vorübergehende Erinnerungsprobleme hast. Meistens kommen die Erinnerungen aber nach einer Weile wieder. Der Arzt erklärt dir das nachher bestimmt besser. Mach dir keine Sorgen. Du bist hier gut aufgehoben.«

»Danke Anna, das tut gut zu hören.«

»Kein Ding. Und wenn du in zwei Wochen noch nicht weißt, wer du bist, nehme ich dich mit zu mir«, sie lachte wieder. »Meine Mitbewohnerin ist gerade ausgezogen zu ihrem Ekelpaket von Freund. Ein abartiger Saftsack, sage ich dir. Ich habe also ein Zimmer frei.« Sie grinste. Natürlich war das nur ein Scherz. Das wusste Kim. Sie konnte ja nicht einsame Patienten bei sich aufnehmen wie streunende Kätzchen. Aber es war ein netter Scherz.

Anna kam sie in den nächsten Tagen einige Male besuchen, wenn es ihr Arbeitspensum zuließ. Meistens nur kurz, aber Kim war dankbar für jede Aufmunterung. Vor allem nachdem ihre Erinnerungen auch nach ein paar Tagen nicht wiederkamen, und ihr Arzt versuchte, ihr schonend beizubringen, dass sie sich darauf einstellen musste, dass es *dabei wohl bleiben würde. Auch die Suche nach Kims Identität, die vor allem die Buchhaltung des Krankenhauses vorantrieb, blieb erfolglos. Eine gemeinnützige Organisation bezahlte ihre Rechnung.*

Als Anna Kim bei einem vorsichtigen Spaziergang im Krankenhausgarten begleitete, stellten sie zum ersten Mal fest, dass Kim eine ganz besondere Eigenschaft hatte. Eine Eigenschaft, die die Suche nach ihrer Identität erschwerte und Annas Weltbild nachhaltig erschütterte. Kim hatte zwar kein wirkliches Weltbild, aber auch sie war ziemlich mitgenommen.

TEIL 1. SAMSTAG

Sie ließ die Tür hinter sich ins Schloss fallen, kickte ihre Turnschuhe auf den Haufen mit anderen Schuhen unter der Garderobe, die unter der Menge an Jacken fast von der Wand fiel und warf ihre Tasche daneben auf den Boden.

»Ich bin zuhause!«, rief sie in den leeren Flur. Der Geruch von frisch aufgebrühtem Kaffee stieg ihr als einladende Antwort in die Nase.

»In der Küche!«, schallte es zurück. Anna seufzte zufrieden, so wurde sie gerne begrüßt. Gespannt ging sie den schmalen Flur entlang, wen würde sie heute vorfinden? Die Stimme war leider uneindeutig, vielleicht ein junger Mann, der seinen Stimmbruch noch nicht allzu lang hinter sich hatte? Oder eine Sie? Sie ließ sich gerne überraschen. Vorsichtig schob Anna ihren Kopf in die Küche. Die Frau, die an dem Gasherd ihrer gemeinsamen Wohnküche stand und heißes Wasser in einen Keramikfilter goss, war ihr nicht ganz, aber fast vollkommen fremd. Anna fühlte sich oft, als müsste sie täglich eine neue Person kennenlernen. Details ihres Gesichts lösten unbestimmte Erinnerungen in Anna aus, aber sie hatte nicht die Energie sich weiter damit zu beschäftigen. Sie besah sich lieber, was vor dieser fast, aber nicht vollkommen fremden Frau stand und den betörenden Duft nach Kaffee ausströmte. Der Filter saß außerdem auf ihrer Lieblingstasse mit Star Wars Motiv. An den Seiten leuchteten die Lichtschwerter der Jedi auf, wenn man eine heiße Flüssigkeit hinein füllte. Anna trat hinter die fremde Frau und gab ihr einen Kuss auf die Wange. Sie beobachtete, wie die Schwerter mit dem Pegel des Kaffes, der aus dem Filter in die Tasse tropfte, langsam länger wurden, und machte leise Lichtschwertgeräusche.

»Psum, psssuuuum, psuuuuuum.«

»Wie war die Nachtschicht?«

»Grausam. Zuerst waren es nur betrunkene Erstis, die sich auf ihrer ersten Uniparty furchtbar abgeschossen haben, ich wurde drei Mal vollgekotzt. Dann noch zwei Autounfälle und mehrere Prügeleien. Die Zentrale Notaufnahme ist am Wochenende ein Irrenhaus, sag ich dir! Ich werde so viel Kaffee brauchen, um heute zu irgendwas in der Lage zu sein. «

»Na dann fang hiermit schon mal an«, die Frau nahm den Filter von der Tasse und goss aufgeschäumte Milch hinein, dann reichte sie Anna die Tasse, die sich mit einem zufriedenen Aufatmen auf einem Küchenstuhl niederließ.

»Warum mache ich den Job nochmal?«, fragte Anna in Richtung der Zimmerdecke.

»Wegen dem vielen Geld und dem gesellschaftlichen Ansehen?«

15

Verträumt starrte Anna an die Zimmerdecke ihrer Küche und hielt ihren ausgestreckten Mittelfinger in die Luft, was mit einem leisen Lachen quittiert wurde. Sie lehnte sich vorsichtig an das wackelige Holzregal, das ihnen als Küchenschrankersatz diente. Es war vollgestopft mit Tassen, Müslipackungen, Weinflaschen und allerhand Zeugs, das nun mal in einer Küche täglich gebraucht wurde, wenn auch ohne einen Hauch von geordnetem System. Der kleine Tisch mit drei Stühlen, an dem Anna gerade saß und ihren Kaffee schlürfte, stand direkt davor. Der Stuhl gegenüber knarzte leicht, als sich die fremde Frau darauf setzte.

Anna schaute sie sich genauer an und grinste. »Die blauen Haare stehen dir gut!«

»Ich wollte es mal testen, aber ich glaube, für heute Abend wähle ich etwas anderes.«

»Aber das Gesicht erkenne ich nicht. Ist das jemand Bestimmtes?«

»Nein, ich habe das Gesicht einer Schauspielerin aus der Zeitung genommen und dann ein paar Kleinigkeiten verändert, ich wollte mich heute Morgen mal auf Details konzentrieren. Wie findest du meine Augenbrauen?«

Anna beugte sich vor und starrte ihrer Mitbewohnerin konzentriert auf die Brauen.

»Also, die Form ist schön, die Farbe irritiert mich etwas.«

»Mhm.«

»Äh warte mal, was ist denn heute Abend?«

»Du wolltest mit mir ausgehen. Ich brauche dringend etwas Abwechslung. Ich habe die ganze Nacht Vermisstenanzeigen durchstöbert. Zuerst Kassel, dann Nordhessen, am Schluss sogar aus Bayern und Österreich«, sie verstummte.

»Nichts dabei?«

»Nein.«

Anna bemühte sich, ein mitfühlendes Gesicht zu machen, während sie sich aber fragte, warum ihre Freundin immer wieder die gleichen Dinge tat und andere Ergebnisse erwartete. Seit einem Jahr wohnten sie zusammen. Seit einem Jahr versuchten sie gemeinsam mehr über Kims Vergangenheit herauszufinden. Seit einem Jahr führte jeder Versuch in eine Sackgasse. Sie würde es nie laut sagen, aber manchmal fragte Anna sich, ob Kim es nicht einfach gut sein lassen konnte. Was sie hier hatten war doch super, warum weiter nach etwas suchen, das man vielleicht nie finden würde?

Anna lächelte ihre Freundin aufmunternd an. »Ich werde schon dafür sorgen, dass du dich heute Abend amüsierst!«

»Danke Liebes. Das klingt gut. Was treiben wir bis dahin?«

»Komm, wir kuscheln uns auf die Couch und gucken irgendeinen schlechten Film. Oder was Lustiges.«

»Titanic?«

»Ja, der ist witzig!«

Mit einer Schüssel Chips und einer Tafel Schokolade bewaffnet machten sie es sich nebenan in ihrem Wohnzimmer bequem. Der Raum wirkte wie das Warenlager eines sehr alten Möbelhauses. Nichts passte zusammen, der Teppich war durchgelaufen und statt Gardinen hingen große bunte Saris vor den Fenstern. Zu behaupten Anna mache sich nicht viel aus Innenraumgestaltung, war ungefähr so, wie zu sagen, ein Genozid habe eine negative Auswirkung auf den Tourismus eines Landes. Sie sah schlicht nicht ein, ihr Geld für Möbel oder Deko auszugeben. Die Dinge in ihrer Wohnung waren entweder Geschenke, auf Flohmärkten zusammengesammelt oder vom Sperrmüll geklaut. Die Couch war alt und durchgesessen und wunderbar gemütlich.

Sie kuschelten sich unter eine weiche Fleecedecke, Anna schmiegte sich in Kims Arm und schob sich ein Kissen zwischen die Knie. Sie freute sich auf den Abend.

»Hast du noch ein Kissen? Mein Nacken tut weh«, fragte sie Kim.

»Warte, ich habe eine bessere Idee.« Unter Annas Kopf hob sich der Brustkorb ihrer Freundin, »Sag Bescheid, wenns reicht.«

»Stop, so ist perfekt. Danke Püppi.«

Seit dem Tag, an dem sie die junge, verängstigte Frau aus dem Krankenhaus, in dem sie als Krankenschwester arbeitete, mit nachhause gebracht hatte, hatte sich ihr Leben verändert. Anna war sich sicher, zum Guten. Aber sie hatte keine Ahnung.

Kims kleines Zimmer in der Altbauwohnung, die sie sich mit Anna teilte, lag im Erdgeschoss direkt an der Frankfurter Straße, einer Hauptverkehrsstraße in der Kasseler Südstadt. Hier kamen am Tag so viele Menschen und Autos vorbei, dass niemand, der bisher in diesem Zimmer gewohnt hatte, die Fenster oft öffnete. Daher roch es auch immer ein bisschen muffig. Der Dunst der vorherigen Bewohner hing in der Luft. Altes Männerdeo hing süßlich in den Tapeten, darunter versteckte sich der Dunst nach Zigaretten und Gras. Menschen riechen so unheimlich unterschiedlich, dachte sich Kim, jeder hat einen ganz bestimmten Geruch, so einzigartig wie ihr Charakter. Ob ich auch einen eigenen Geruch habe?, fragte sich Kim. Man riecht sich ja selbst meistens nicht. Ich muss mal Anna fragen. Sie streckte ihren Kopf aus der Tür.

»Anna?«

»Ich bin in meinem Zimmer!«

»Habe ich einen Geruch?«

»Manchmal!« Anna trat aus ihrer Zimmertür, legte den Kopf schief, als müsste sie schwer nachdenken, »Also neulich, als du als Mann feiern warst, hast du morgens schon hart gestunken. Nach Bier und Knoblauch.«

»Ja, aber habe ich einen eigenen Geruch.«

»Jedenfalls keinen der mir unangenehm aufgefallen wäre. Aber ich habe dir, nachdem mich der morgendliche Gestank auf dem Flur fast umgehauen hätte, verboten jemals wieder als besoffener Mann einzuschlafen.«

»War es wirklich so schlimm?«

»Unter deiner Zimmertür waberte ein Geruch heraus, der in einem Cartoon giftgrün dargestellt wäre. Mit darin herumschwirrenden Fliegen - und kleinen Totenköpfen.«

»Jetzt übertreib mal nicht ...«

»Ich habe auf das Wimmern von Klageweibern oder das Knurren eines Sumpfmonsters gewartet. SO SEHR hat es gestunken.«

Anna setzte sich vor ihrer Zimmertür vor den Boden und sah sie an, Kim machte es ihr nach.

»Warum denkst du gerade darüber nach, wie du riechst? Das ist irgendwie seltsam.«

»Na ja, ich dachte so darüber nach, dass jeder Mensch ja einen eigenen Geruch hat, und habe mich gefragt, ob ich sowas auch habe. Das würde wenigstens beweisen, dass ich ein Individuum bin. Wenn auch mit flexiblem Aussehen.«

»Na ja, vielleicht hast du ihn, aber er ist mir nicht aufgefallen bisher. Gerüche fallen ja meistens auf, wenn sie übel sind. Und wenn du ein Mann bist, was ja nicht dein

Normalzustand ist, dann riechst du vielleicht mehr. Weil du dich ja anstrengen musst, einen männlichen Körper zu behalten, weißte?«

Kim war tatsächlich meistens eine Frau, außer sie entschloss sich bewusst dagegen. Ein Männerkörper war Arbeit, nahm sie aber keinen Einfluss auf ihr Äußeres war sie eine Frau, oder androgyn.

»Mhm, ja das könnte schon sein.«

»So, aber jetzt machste dir da mal keine Gedanken, Trulla. Du, meine wunderschöne Freundin, suchst dir mal Klamotten für heute Abend zusammen, damit wir ordentlich auf den Putz hauen können.« Anna sprang auf, kam zu Kim herüber und reichte ihr die Hand, um sie hochzuziehen. Kim war meistens mindestens einen Kopf größer als Anna, aber das hielt den kleinen Wirbelwind nicht davon ab, sie mit viel Energie hoch- und mitzuziehen.

»Püppi, ich will dir noch was zeigen, ich habe vorhin in meinen Fotos gestöbert! Es gibt doch das tolle Bild von uns beiden, das wir aufgenommen haben am ersten Tag, nach dem Krankenhaus?«

»Ja?«

»Ich habe ein Foto von meinem ersten Freund gefunden, den muss ich dir zeigen. Aber lach mich ja nicht aus.«

Sie zog Kim in ihr Zimmer und hielt hier das Bild von sich im Teeniealter, die Haare damals noch aschblond, was Kim zum Lachen brachte, neben ihr grinste verschmitzt ein junger Mann mit dunklen Locken und braunen Augen in die Kamera.

»Der ist ja süß.«

»Hach ja, Romano war auch süß. Am Anfang. Später nicht mehr.«

»Das Schicksal vieler Beziehungen, habe ich mal gehört.«

»Na klar, am Anfang gibt man sich Mühe, die geilste Sache seit der Erfindung von kühlem Bier zu sein und dann irgendwann hält man es nicht mehr aus und wird lauwarmer Billigwodka.«

»Eine schöne Umschreibung.«

»Und so wahr!«

Sie betrachtete das Foto, Kim schaute ihr über die Schulter und lehnte ihr Kinn schließlich darauf.

»Erzähl mal, wie war das mit euch?« Kim war immer wieder neugierig, von Annas normalem Leben zu hören. Jede Information saugte sie auf, wie ein Schwamm.

»Ich war damals noch ziemlich still und zurückhaltend, kannste dir das vorstellen? Romano nannte mich damals ›Mäuschen‹. Das hat mir nie gefallen, aber ich hab mich nie getraut, was zu sagen, wahrscheinlich hatte er also doch recht damit. Ich war einfach so unheimlich verknallt in ihn und seine schwarzen Locken. Aber auch er war letztendlich nur ein Idiot. Aber ich habe etwas ganz Wichtiges gelernt von ihm, damals mit 15: Die große Liebe ist eine platte Lüge der Filmindustrie. Kein Mann ändert sich für eine Frau, und Beziehungen sind Fallen, in denen jede Frau ihre Eigenständigkeit und ihr Selbstbewusstsein verliert. Alles kacke, aber ich bin nicht zynisch.«

»Nein, natürlich nicht.« Kim grinste und Anna schlug sie liebevoll vor die Brust. Mit gespieltem Schmerz sank Kim auf ihrem Bett zusammen und kuschelte sich dann sofort in Annas Kissen.

»So, also erzähl mir alles.«

Anna seufzte.

»Also, damals dachte ich, es wäre Liebe auf den ersten Blick. Wobei es unserer Leidenschaft sicherlich half, dass wir glaubten, diese Liebe wäre verboten. Wir haben uns auf einer Mottoparty meines Vaters kennengelernt, bei der er sich mit seinem Cousin Benno eingeschlichen hatte. Alle waren verkleidet, denn mein Vater kommt gebürtig aus Köln und er liebte Verkleidungspartys. Die nordhessische Kühle, war ihm nie ganz geheuer und er versuchte ihr mit Kölscher Jovialität entgegenzuwirken. Das kam aber nicht bei allen Nordhessen gut an.«

»Das kann ich mir lebhaft vorstellen!«

7   ANNA UND ROMANO – VOR GAR NICHT MAL SO LANGER ZEIT

Anna war sehr behütet aufgewachsen und damals gerade 15. Ihre Mutter hatte wahrscheinlich immer Angst, dass ihre Töchter zu sehr nach ihrem Vater kamen, der ein echter Schwerenöter war. Darum erzog sie Anna besonders streng. Schon damals war aber Annas Bedürfnis auszubrechen ziemlich stark ausgeprägt.

Auch auf dieser Party ließ ihre Mutter sie nicht aus den Augen. Aber trotz der Daueraufsicht fiel ihr Blick während der Feier auf diesen Jungen. Er war damals gerade 18 geworden und gab sich schrecklich erwachsen. Seine schwarzen Haare waren lockig und wild, seine Augen blitzten dunkel hinter seiner schrägsitzenden Zorro-Maske hervor und er hatte die schönsten Lippen, die sie je gesehen hatte. ›Der kann bestimmt super knutschen‹, war ihr erster Gedanke und sie lief knallrot an. Sie war noch weit von der lauten Partybombe entfernt, die sie eines Tages werden würde und stand schüchtern in einer Ecke und starrte ihn an, bis sein Blick auch auf sie fiel. Er lächelte und ein Schaudern ging durch ihren Körper, das ein Kribbeln in ihrem Bauch zurückließ. Anna war sich sicher, dass die Zeit kurz stillstand, dann rief sie ihr Vater und sie verlor den jungen Mann ganz aus den Augen. ›Väter haben einfach immer das beste Timing‹, dachte sie grimmig.

Kurze Zeit später stand sie etwas abseits und hörte einer schrecklich langweiligen Rede zu, die ein Vereinsfreund für ihren Vater hielt, als eine Hand ihre von hinten ergriff und ihr jemand ins Ohr flüsterte, dass sie die schönste Frau der Welt sei. Ihr Herz setzte für ein paar Schläge aus, als sie erkannte, dass es der Junge von eben war. Er zog sie hinter die Säule und von dort zu einer Tür, die in einen anderen Raum führte, er nahm ihr Gesicht in seine Hände und küsste sie. Heute würde sie jedem in den Arsch treten, der sie einfach so küsste, aber damals glaubte sie, das wäre romantisch. Im Nachhinein wusste sie nicht mehr, wie lange sie dort knutschend gestanden hatten, als plötzlich die Tür aufgerissen wurde und ihre große Schwester vor ihr stand. Mit bösem Blick zog sie Anna mit sich und zischte ihr zu:

»Anna, was machst du da? Du weißt schon, wer das ist, oder? Das ist der Sohn von dem Typ, der Papa den Vorsitzendenposten im Kleingärtnerverein weggeschnappt hat. Der Typ hat diesen Importserivce für Spezialitäten aus Venetien. ›Montags Delikatessen aus Verona‹, oder so. Die zwei hassen sich. Wenn Papa mitkriegt, dass du mit diesem Romano Montag rumknutschst, bringt er dich um!«

Anna konnte nur noch einen sehnsüchtigen Blick zu Romano werfen, bevor ihre Schwester sie um die nächste Ecke zog.

Die Party war fast vorbei und die ersten Gäste gingen bereits, als Anna auf dem Balkon an ihrem Zimmer stand und traurig hinaus in den Garten starrte. In ihrem Kopf gab es nur noch einen Gedanken: »Ach verdammt Romano, Romano, warum bist du nur ... na ja der, der du eben bist? Ich fand dich so toll, aber wenn mein Vater das mitkriegt, dann gibt es hier richtig Fratzengeballer. Dabei kannst du doch nichts für ihren Streit. Aber, es ist mir fast egal. Wenn er nur noch einmal hier wäre, ich würde meinem Vater sofort sagen, dass ich nichts mehr mit ihm zu tun haben will, wenn ich nicht mit Romano zusammen sein darf«. Da hörte sie eine Stimme unter ihrem Balkon.

»Echt jetzt?«

Anna erschrak, »Ey, wer schleicht hier in der Nacht herum?«

»Na, dein neuer Freund!«

Romano trat aus dem Schatten auf dem Hof unter ihr.

»Du bist doch Romano, der Sohn vom Montag und nicht gerade ein Freund unserer Familie? Was machst du hier?«

»Ich bin nichts von beidem, wenn es dir nicht gefällt!«

Anna brauchte einen Moment, um zu verstehen, was er meinte, dann rannte sie mit einem glücklichen Quietschen ins Haus, die hintere Treppe hinab und hinaus zu ihm. Sie fielen sich in die Arme und küssten sich. Doch dann drückte Anna ihn von sich.

»Wenn mein Vater und seine Kumpels dich hier finden, machen sie dich kalt!«

»Das ist mir egal, ich wollte dich sehen!«

Sie küsste ihn wieder und wollte ihn die ganze Nacht küssen.

»Und wenn unsere Väter etwas dagegen haben, dann renne ich mit dir weg! Ich mache bald meinen Führerschein und dann hält uns nichts mehr auf!«

Er drückte sie an sich. Das war das Romantischste, was sie je erlebt hatte. Natürlich würde sie mit diesem Jungen, den sie gerade seit fünf Minuten kannte und den sie vor einer Stunde das erste Mal gesehen hatte, wegrennen und ihr ganzes Leben aufgeben. Sie vergaß die ganze Welt um sich herum. Dann, plötzlich, wurde die Tür zur Terrasse aufgerissen und ihre Eltern standen dort, das Licht der Party hinter ihnen zeigte nur ihre Silhouetten. Anna konnte ihre Gesichter nicht sehen, aber sie war sich sicher, dass sie nicht lächelten.

»Was ist hier los?«, donnerte ihr Vater.

»Das ist Romano, der Sohn vom Montag und ich liebe ihn!«, antwortete Anna nicht leiser.

»Oh. Äh. Okay«, sagte ihr Vater. Er wirkte durch den Emotionsausbruch seiner Tochter etwas verdutzt.

»Okay? Was meinst du mit ›okay‹?«, Anna war sich nicht sicher, welche Lautstärke jetzt angemessen war und so wurde ihre Antwort mit jedem Wort etwas leiser.

»Na ja, okay halt. Wenn du meinst.« Ihr Vater zuckte mit den Schultern.

»Ich dachte, du hättest da etwas gegen?«

»Was? Ne. Ich mag seinen Vater nicht, aber deswegen muss ich euch doch nicht da mit reinziehen. Das wäre ja total schrecklich. Ihr habt da doch nichts mit zu tun.«

»Oh. Damit habe ich jetzt nicht gerechnet.«

»Wir lassen euch dann mal alleine, aber Anna, nicht mehr so lange, okay?«, ihre Mutter lächelte sie an.

»Danke, das finde ich sehr nett von Ihnen«, sagte Romano höflich.

Als ihre Eltern die Tür schlossen, schauten die beiden sich etwas verunsichert an. Sie küssten sich noch einmal und dann wollte Romano gehen. Er stand etwas verloren vor der kleinen Gartenmauer, über die er hineingeklettert war, ging dann aber doch durch das Haus.

Zwei Wochen später lag sie bei ihrer Schwester auf dem Bett und seufzte: »Romano ist so ein Vollidiot. Also wirklich dumm. Nicht arschig oder so, aber einfach echt nicht klug.

Neulich hat er mich gefragt, ob ich ihm einen Termin beim Arzt machen kann, weil er nicht weiß wie. Ich bin doch nicht seine Mutti!«

Ihre Schwester grinste nur.

»Und, noch schlimmer, er hat mich gefragt, ob ich ihm den Rücken rasiere! Ich will ihm nicht den Rücken rasieren! Ich meine, macht man das so? In Beziehungen? Das ist ja ekelhaft!«

»Na, das war aber schnell vorbei mit der ›großen Liebe‹.« Ihre Schwester grinste.

»Freu dich da nicht so drüber, ich war so verliebt, ich wäre mit ihm sofort abgehauen!«

»Tja, das ist die Tragik großer Liebesgeschichten. Sie werden nur groß, wenn sie tragisch sind oder wenn niemand weiß, was nach dem Happy End kommt. Der Prinz hat sich die Zähne geputzt, während Schneewittchen kackend auf dem Klo saß. Das ist die brutale Wahrheit, die niemand hören will.«

Anna warf protestierend ein Stofftier nach ihrer Schwester.

Romano verließ sie kurze Zeit später für eine vollbusige Trulla mit dem bekloppten Namen Rosalinde, in die er angeblich vorher schon tierisch verknallt war, die aber nichts von ihm wissen wollte. Aber jetzt, da er vergeben war, fand sie ihn plötzlich ganz toll.

»Ohne Witz, das war der schlimmste Liebeskummer, den ich je hatte. Das ist jetzt zwar über 10 Jahre her, aber wirklich Lust auf eine neue ›große Liebe‹ habe ich nicht mehr. Ist eh alles Quatsch.«

Kim war still, wahrscheinlich wusste sie einfach nicht, was sie antworten sollte, dachte sich Anna. Sie hatte so eine Erfahrung nie gemacht.

»Egal jetzt, Trulla! Komm, wir machen uns langsam fertig. Ich will meine grünen Chucks heute ausführen! Weißt du schon, was du anziehen willst?«

»Ich weiß noch nicht mal, wie ich heute aussehen möchte!«

»Na dann beweg mal deinen Wackelarsch rüber in dein Zimmer und such dir was aus. Ich schaffe schon mal die richtige Atmosphäre!«

Laute Musik dröhnte durch die kleine Wohnung. Wie jeden
Abend, wenn sie sich zum Ausgehen bereit machten. Lauter
College Rock aus den frühen 2000ern dröhnte aus der
Bluetooth-Box, die auf dem Küchentisch zwischen
Bierflaschen, Pfefferminzschnaps und eine Schachtel Pizza
stand. Der Fußboden in der Küche klebte schon etwas, denn
Anna hatte beim Tanzen eine Bierflasche umgeschmissen.
Aber das störte sie jetzt nicht, sie war zu beschäftigt, um das
Bier aufzuputzen, also hatte sie nur ein Geschirrhandtuch
mit zweifelhaftem Sauberkeitsgrad auf die Pfütze unter dem
Tisch geworfen. Das musste reichen. Kim hatte sich direkt
nach dem Bierflaschenweitwurf in ihr Zimmer verzogen und
lag nun auf ihrer Matratze, die ihr als Bett diente.
Nächtelang vor dem Laptop zu sitzen, um ziellos nach
Hinweisen zu suchen, wer sie denn sein könnte, laugte sie
vollkommen aus. Sie hatte weder einen Plan noch eine Idee,
wie sie ihre Suche fortführen sollte. Woher auch? Anna und
ihr eigenes Gewissen beruhigte sie mit lauwarmen
Versicherungen. Ihre Versprechen blieben hohl. Sie waren
bloße Worthülsen. Auch ihr Zimmer war ziellos und wild
zusammengewürfelt, es gab keine Regale, in die man die
Bücher, DVDs und anderen Kram, der eigentlich gar nicht
Kim gehörte, sondern gesammelte Überreste Annas letzter
Mitbewohner waren, hätte räumen können. Es gab auch

keinen Kleiderschrank. An alten Türscharnieren einer längst zugemauerten Verbindungstür baumelte an Paketschnur eine Gardinenstange, die wohl mal als Garderobe gedient hatte. Daran hing allerdings nur ein bemerkenswert hässlicher Pullunder. Die restlichen Kleider waren in herumstehende Umzugskartons gestopft oder auf dem Fußboden verteilt. Unter einem besonders großen Haufen verbarg sich Kims ›Das-ziehe-ich-nochmal-an‹-Stuhl. Jeder kennt diesen Stuhl. Darauf stapelt man Klamotten, die theoretisch nochmal getragen werden konnten. Aber Kim schaffte es immer wieder, beeindruckende Babeltürme daraus zu bauen. Die Klamotten waren größtenteils liegengebliebene Jacken, Pullis, Hosen, Socken und T-Shirts von Partygästen, die nie abgeholt worden waren und irgendwann in den allgemeinen WG-Besitz übergingen. Eine Kiste voller Sachen gehörte einem ehemaligen Mitbewohner von Anna, die er hiergelassen und nie abgeholt hatte. Die trug Kim, wenn sie als Mann unterwegs war.

Kim nutzte, was sie eben gebrauchen konnte. Häufig fühlte sich Kim seltsam vertraut mit dem Raum, der sich, wie sie selbst, als eigene Persönlichkeit präsentierte, obwohl er aus halbvergessenen oder aussortierten Devotionalien anderer bestand.

Ich bin nur ein Haufen Reste, dachte sie sich dann.

Sie schloss die Augen und dachte an das Gesicht, das sie heute Abend tragen wollte. Das Gesicht von ihrem ersten Foto mit Anna. Es war nie ganz genau gleich, aber es diente ihr als Referenz. Sie spürte, wie ihr Körper sich veränderte, ein seltsam vertrautes Gefühl. Anfangs waren die Veränderungen einfach so passiert, wie während des Spazierganges mit Anna. Kim hatte Annas bunte Haare bewundert und sich vorgestellt, wie sie wohl mit grünen Haaren aussehen würde, schon hatten sie eine neue Farbe angenommen. Noch immer war Kim Anna dankbar, dass sie fasziniert und nicht verängstigt reagiert hatte.

Anfangs hatte Kim schreckliche Angst, jeden Morgen ein anderes fremdes Gesicht im Spiegel zu sehen, doch scheinbar veränderte sich ihr Körper im Schlaf nie. Nur im wachen Zustand. Die Regeln hatten Anna und Kim selbst nach und nach herausfinden müssen.

»Trulla, los jetzt! Was dauert denn so lange?«

Anna hüpfte durch den Flur, landete vor dem großen Spiegel und drehte sich um sich selbst. Sie hatte ihre neuen grasgrünen Chucks an und sich dazu für ein rosafarbenes Top, gelbe Kniestrümpfe und einen Jeansrock entschieden. Kritisch betrachtete sie ihr Make-up und beschloss, ihren Lidstrich nachzuziehen. Laut singend tanzte sie zurück in das kleine Badezimmer am Ende des Flurs. Sie liebte es, feiern zu gehen. Manche Menschen trieben Sport, um sich auszupowern, manche Menschen meditierten, um zu sich selbst zu finden; sie betrank sich, tanzte wild, knutschte mit fremden Menschen und erreichte so beides.

»Du lernst nie, dich selbst zu lieben, wenn du deine Mitmenschen nicht lieben kannst, und du wirst nie lernen, dich selbst schön zu finden, wenn du nicht mal morgens neben einem Bergtroll aufgewacht bist«, war Annas selbstdefinierte Lebensweisheit, die sie das erste Mal laut aussprach, als sie die Trennung von ihrem ersten Freund überwunden hatte. Sie betrachtete ihren Lidstrich kritisch im Spiegel – rechts war er etwas zu dick und sie zog den Strich am linken Auge nach. Keine Liebe zu suchen bedeutete nicht, wie eine Nonne zu leben. Ganz und gar nicht. Sie hatte ihren Spaß und musste niemandem den Rücken rasieren. Außerdem hatte sie gar keine Zeit für einen neuen Partner. Sie musste schließlich Kim helfen, herauszufinden wer sie war. Obwohl sie auch diese Aufgabe noch nicht wirklich ernsthaft angegangen waren. Es kam einfach immer zu viel dazwischen. So wie heute Abend. Aber ausgehen und sich amüsieren war doch auch wichtig. So als Ausgleich!

Sie legte den Eyeliner weg und ging zu Kims Zimmertür.

»Ey Trulla, komm mal aus deinem Loch und lass uns trinken!«, sie nahm einen Schluck Bier und trommelte mit der freien Hand gegen Kims Zimmertür. »Bist du bald mal soweit, Trulla? Du musst dich doch gar nicht schminken! Dass du trotzdem immer so lange brauchst, ist mir ein Rätsel!« Im Flurspiegel entdeckte sie, dass der Strich auf dem linken Augenlid nun wesentlich breiter war, als rechts. Sie tanzte zurück ins Bad, um die Lidstriche anzupassen. Jedes Mal das Gleiche.

Kim trat aus ihrem Zimmer und begann sich ebenso vor dem Spiegel zu drehen, wie Anna es eben noch gemacht hatte. Allerdings sah sie neben ihr aus wie einer Model-Set-Card entsprungen. Lange Beine, eine schmale Taille und wahnwitzig große Brüste. Dazu lange Haare in honigblonden Wellen, volle Lippen und kornblumenblaue Augen. Sie drehte sich vor dem Spiegel im Flur um sich selbst.

»Anna, was meinst du?«

Anna schaute aus dem Badezimmer mit dem Eyeliner Stift in der Hand. Die Korrekturmaßnahmen waren ihr etwas entglitten und nun fand sie, dass sie inzwischen Ähnlichkeit mit einem Waschbären hatte. Sie betrachtete Kim mit einem kritischen Blick. Dann schüttelte sie den Kopf.

»Nope. So gehst du nicht vor die Tür«, sie verschränkte die Arme vor der Brust.

»Du hast gesagt, ich soll aussehen wie ein feuchter Traum! Bitteschön«, Kim rollte mit den Augen. »Nie kann man es dir recht machen.«

»Wenn wir so ausgehen, glauben doch alle, du bist ne Professionelle und wir machen uns niemanden klar. Du musst aussehen, wie ein feuchter Traum, aber weniger furchteinflößend.«

»Ich bin furchteinflößend?«

»Das ist indirektes Bodyshaming, was du da treibst! Und von einem feministischen Standpunkt aus, kann ich das nicht gutheißen«, erklärte Anna streng, aber nicht wirklich ernst.

»Du bist bescheuert und blöd und ich liebe dich trotzdem. Aber wie du wünschst. Ist es so besser?« Kim konzentrierte sich auf ein Bild, in ihrem Kopf und war nun nur noch einen Kopf größer als Anna, mit größerer Nase und ja, auch kleineren Brüsten.

»Besser.«

»Du wirst trotzdem schneller jemanden klarmachen, egal wie ich aussehe. Ich muss ein anderes Kleid anziehen. Ich sehe jetzt aus, als hätte ich ein Zirkuszelt an.« Ein immer wiederkehrendes Problem war es, passende Klamotten zu finden. Wie sollte sie auch genügend Kleider zusammensammeln, um all die verschiedenen Körperformen und -größen abzudecken (wortwörtlich), die sie annehmen und haben konnte. Es war alles nicht so einfach.

»Was soll ich denn jetzt anziehen?«, schrie Kim aus ihrem Zimmer, um gegen die laute Musik anzukommen.

»Nimm doch das schwarze Kleid, das schlichte. Da sind ein paar Zentimeter in der Höhe doch nicht so wichtig«, schrie Anna aus dem Badezimmer zurück, während sie versuchte, den verschmierten Eyeliner mit etwas Klopapier wegzuwischen. Wenige Sekunden später hallte eine Tirade buntester Flüche durch die kleine Wohnung.

Anna hatte sich die Waschbäraugen noch einmal abgeschminkt, neu aufgemalt, wieder abgeschminkt und sich dann gegen einen Lidstrich entschieden. Dafür trug sie nun lila Lidschatten und war glücklich. Fröhlich tanzte sie Bier trinkend durch die Küche und wartete ungeduldig, dass Kim endlich fertig war. Wenn sie mit Kim unterwegs war, eskalierten ihre Abende immer wunderbar und sie trank spätestens um 1:00 Uhr Tequila aus irgendeinem Bauchnabel.

»Okay, schwarzes Kleid. Jetzt sehe ich aber echt harmlos aus.«

»Na ja. Harmloser, aber ich denke ja auch nur an dein Wohlbefinden. So wie eben hätte sich doch niemand getraut, dich anzusprechen.«

Kim lachte: »Und so ist das jetzt besser?«

»Viel besser, du heißes Gerät!«

Anna griff sich ihre kleine, schwarze Bauchtasche und band sie sich um die Hüfte.

»Hey, Ho! Lets Go!« Sang sie mit den Ramones, schnappte sich ihre Jeansjacke und zog Kim aus der Tür. Sie wollte endlich los. Als sie die Haustür aufstieß, zog Kim sie abrupt wieder zurück, »Meine Handtasche!«

Anna stolperte zurück ins Haus. Das wurde von der gegenüberliegenden Straßenseite mit einem tiefen Knurren kommentiert. Denn Anna und Kim wurden beobachtet. Natürlich wusste sie das zu diesem Zeitpunkt noch nicht, aber es war seit einigen Wochen immer mindestens ein Paar Augen auf sie gerichtet.

10   DIE MONSTERJÄGER

Der schmutzig weiße Mercedes Sprinter Baujahr 1990
parkte am Straßenrand genau gegenüber der Erdgeschoss-
wohnung, in der Kim und Anna wohnten. Man sah ihm an,
dass er seine besten Tage hinter sich hatte. Tatsächlich war
er in seiner Verwahrlosung so auffällig, dass die meisten
Passanten sich große Mühe gaben, ihn nicht wahrzunehmen.
Sobald die Sonne unterging, beschleunigten sie ihre Schritte,
wenn sie den rostigen Sprinter passierten.

In ihm saßen heute Abend vier Männer. Sie saßen schon
lange dort. Jeden Tag der vergangenen Wochen, stunden-
lang. Dieser Teil ihres Jobs stellte, da waren sich die Männer
einig, die größte Herausforderung dar. Aufmerksam bleiben,
trotz schrecklicher Langeweile, nur nicht den richtigen
Moment verpassen, die nervige Anspannung aushalten, das
Warten, der Geruch von vier Männern in einem kleinen
Raum.

Sie hatten heute zwar alle die gleiche trist-graue Uniform
an, dennoch waren sie leicht zu unterscheiden. Schröder
hatte einen enormen Schnurrbart im Gesicht. Bei einem
jüngeren Mann wäre er ein ironisches, modisches Statement
gewesen. Doch Schröder hatte mit Mode oder Ironie nichts
am Hut. Er trug den Schnurrbart, weil er schon immer einen

41

Schnurrbart trug. Hermann hingegen hatte nur Stoppeln im Gesicht, er rasierte sich nicht gerne. Im Gegensatz zu Kalle, der sich jeden Morgen nach dem Duschen akkurat mit einem Rasiermesser barbierte. Jensen hingegen sah aus, als hätte er noch nie einen vollständigen Bartwuchs gehabt, nur ein widerspenstiger Bereich seines Kinns ließ ein paar Stoppeln sprießen. Der Bartwuchs war also die erste Möglichkeit diese vier Männer voneinander zu unterschieden, die fast, aber nicht ganz, vollkommen unterschiedlich waren.

Stille herrschte in dem Wagen, nur unterbrochen von dem Kratzen eines Kugelschreibers, mit dem Kalle seine Notizen in eine Kladde schreib.

Jensen seufzte. »Is mir öde.« Er schob sich zwischen Schröder und Kalle, um einen Blick auf die Notizen zu werfen. »Was haste denn geschrieben?« Dabei rieselten Chipskrümel von seinen Fingern und seinem Gesicht auf Kalles Kladde und hinterließen sofort kleine Fettflecken.

»Gewidderdunnerschlaach. Haste net uffgepasst? Hau ab jetzte. Ahle Stingmorchel«, zischte Kalle ihn an. Jensen schnupperte an seinem Overall, konnte dabei aber nichts übermäßig Übelriechendes finden. Also, nichts unerwartet übermäßig Übelriechendes. Nur die gewohnte Mischung aus Männerschweiß, Mottenkugeln und Staub.

»Sei doch nich so motzig«, antwortete er beleidigt.

42

Hermann saß auf dem Fahrersitz und von außen sah es sicherlich so aus, als würde er auf seinem Handy rumspielen. Tatsächlich aber betrachtete er das Bild, dass ihm eine Kamera, die direkt über der Eingangstür des Hauses in dem Anna und Kim wohnten, angebracht war. Als er sah, wie Kim Anna am Arm packte und zurück ins Haus zog, knurrte er. Schröder streckte seinen Kopf aus dem hinteren Bereich des Sprinters hervor.

»Was?«, fragte er knapp. Hermann hielt ihm den Bildschirm unter die Nase und Schröder sah mit schreckgeweiteten Augen, wie Kim Anna am Arm zurück ins Haus zog.

»Kalle!«

»Hä?«Wobei dieses ›Hä‹, hier im Sinne nordhessischer Sprachtradition, als ›Ja, Schröder, mein Kollege und Freund, was kann ich für dich tun?‹ gemeint war.

»Schreib auf!«

Ihr Ziel war die ›Haltbar‹ in der Kasseler Nordstadt. Dafür fuhren sie mit der Straßenbahn einmal quer durch die Innenstadt. Eine kleine, schmuddelige Punkrockkneipe, in der man sich wunderbar ›warm trinken‹ konnte, um dann vielleicht mit der Straßenbahn an den Hauptbahnhof zu fahren. Dort gab es weitere perfekte Orte, um die restliche Nacht zu verbringen. Meistens blieben Anna und Kim aber in der ›Haltbar‹ hängen. Der Laden war wundervoll runtergerockt, der Boden eine grau melierte Fläche ungewissen Materials, in den Barhocker fast einen Zentimeter tief einsanken. Der Besitzer Gerald begrüßte Anna in seiner gewohnt fröhlichen und aufgedrehten Art und stellte sich Kim freundlich vor. Kim hatte fast jedes Mal, wenn sie hier waren einen anderen Körper und Gerald hatte schon das eine oder andere Mal mit Kim geflirtet, wenn Kim ein Mann war.

Seine Thekenkraft scrollte gelangweilt an dem alten Computer mit Röhrenbildschirm durch die Playlist für den heutigen Abend. Sie hatte feuerrote Locken, einen ausgezeichneten Musikgeschmack und Anna war ein bisschen verknallt in sie.

»Gerald! Wie läuft der Abend?«

»Na fabulös. Siehst du doch. Nur schöne Menschen in meiner kleinen Bar. Was wollt ihr trinken?«

»Wir brauchen ganz dringend Kirschschnaps! Die Situation verlangt es!«, erklärte Anna. In diesem Moment schaute Geralds Thekenkraft von ihrem Platz hinter dem steinzeitlichen Computer auf.

»Habe ich ›Kirschschnaps‹ gehört?«

»Komm rüber Karla, mein Goldstück. Kennt ihr zwei euch eigentlich schon?«

Karla startete ein neues Lied, das das eben noch Laufende mittendrin unterbrach. Enttäuschtes Murren ertönte von der anderen Seite der Theke.

»Hast du eine Beschwerde, Hannes?«

Der mit Hannes angesprochene Typ hob abwehrend die Hände, »Nene Karla, alles gut.« Sie warf ihm einen grimmigen Blick zu, drehte sich dann zu Anna, Kim und Gerald um und holte eine Flasche mit dunkelroter Flüssigkeit aus dem Kühlschrank. Zusammen mit vier Schnapsgläsern knallte sie diese auf die Theke und begann die Gläser zu füllen.

Sie grinste Anna breit an. »Sie haben einen ausgezeichneten Schnapsgeschmack, junge Dame.«

Anna hatte kurz das Bedürfnis in einer Pfütze auf dem Boden zu zerfließen.

45

»Mhm, danke!«

Es dauerte nicht lange und die Flasche Kirschschnaps war leer. Gerald und Kim tanzten auf der Theke der kleinen Bar und sangen »Don't stop me now« von Queen.

Karla grinste. »Warum endet eigentlich fast jeder Abend hier so?«

»Ich gebe Gerald die Schuld.« Anna grinste zurück. Sie kippten gemeinsam den nächsten Kirschschnaps.

»Ich habe deine Freundin noch nie hier gesehen! Schön, dass sie sich direkt wohlfühlt«, Karla nickte hinüber zu Kim und Gerald. Natürlich fühlte Kim sich hier wie zuhause. Sie waren fast jede Woche hier. Mehrmals.

»Ich bin ein bisschen verknallt in dich«, sagte Anna in die lärmende Musik hinein.

»Was?«, brüllte Karla zurück. Gerald hatte sich gerade in Freddy Mercury verwandelt und einen besonders lauten Heuler von sich gegeben.

»Ich glaub, ich bin schon ziemlich dicht!«, brüllte Anna zurück.

»Ja, ich auch. Wir sollten zumachen und Döner holen!«

»Das klingt nach einem soliden Plan.«

Anna war etwas enttäuscht, als Karla sich nach ihrem Besuch in der Dönerbude gegenüber verabschiedete.

»Bist du sicher, dass du schon heimmusst?«

»Ja, ich muss morgen einigermaßen fit sein! Mein Bruder und seine Tussi ziehen in ein Häuschen auf dem Land und ich muss helfen und daneben stehen und meckern!«

»Okay, ja das klingt wichtig.« Anna seufzte enttäuscht. Karla drückte ihr einen lauten, festen Kuss auf die Stirn und schwebte davon, ihre roten Locken wehten im Wind.

»So, ihr Hübschen, ich lade euch noch auf einen Schnaps ein!«, Gerald hakte sich bei Anna und Kim unter und zog sie von der Dönerbude weg, die Straße runter, in eine benachbarte Kneipe, die sich in den frühen Morgenstunden in einen allgemeinen Absackerort verwandelte. Als er die Tür aufstieß, wallte ihnen ein Dunst aus Bier, Zigaretten und Menschenschweiß entgegen. Gemeinsam drückten sie sich durch die eng stehenden Menschen in Richtung Bar.

»Hallo, mein Schatz!«, begrüßte Gerald die tätowierte Dame hinter der Bar.

»Gerald! Schön dich zu sehen, was kann ich dir bringen!«

»Bring ihm und den zauberhaften Damen mal eine Runde Tequila auf mich!«, sagte ein hochgewachsener Mann, mit strubbeligen Haaren und einem breiten Grinsen, das Anna sofort gefiel. Vielleicht wurde der Abend ja doch noch was!

»Du bist Anna, oder?«

»Das ist richtig, kennen wir uns? Haben wir schon mal betrunken geknutscht und ich habe es vergessen? Falls das so ist, entschuldige ich mich direkt.«

Der Mann lachte. Anna gefiel sein Lachen, es war gelöst und fröhlich, ein bisschen dreckig.

»Nein, keine Sorge. Wir haben noch nie betrunken geknutscht,« Anna fiel auf, dass er das ›noch‹ betonte. »Ein Bekannter hat mir von dir erzählt und sagte, dass du deinen dritten Tequila am Liebsten aus einem Bauchnabel trinkst.« Er grinste wieder. »Das wollte ich mal testen.«

Anna spürte ganz unerwartet, wie ihr Hitze ins Gesicht stieg. Die erste Runde Tequila kam und sie stießen mit Gerald, Kim und dem Typ, der sich mit Jens vorstellte, an. Es dauerte nicht lange, bis Anna Kim am Arm griff und zur Seite zog.

»Den Typ da werde ich heute Abend mit nachhause nehmen! Der ist ja so heiß.«

»Oh okay, soll ich mir ein Taxi nehmen?«

»Also, wenn du magst, ich glaube, der hat genug Energie für uns beide.« Anna grinste breit und stieß Kim verschwörerisch in die Seite. Kim nickte, »Das klingt nach einem Plan.«

Sie verabschiedeten sich von Gerald, der ihnen viel Spaß für den restlichen Abend wünschte, und stiegen in eins der bereitstehenden Taxis. Anna brauchte Jens nicht zu sagen, was sie mit ihm vorhatten, schon im Auto schob er seine Hand in Kims Ausschnitt, während er und Anna begannen wild zu knutschen. Der Taxifahrer seufzte nur genervt, Samstagabende waren die Hölle.

12   SCHRÖDER

Schröder saß auf einer harten Holzbank im hinteren Teil des Mercedes. Gemeinsam hatten die vier Monsterjäger ihn so ausgebaut, dass er ihren Anforderungen entsprach. Jetzt waren nur noch er und Kalle im Wagen, die anderen beiden hatte er heimgeschickt. Hermann, weil er im Sitzen eingeschlafen war, nachdem er vorher drei Nachtschichten übernommen hatte und Jensen, weil er ihm auf die Nerven ging. Zu viert war es auch einfach zu eng hier drin. Jetzt schaute er durch ein Periskop, dessen Linse von seinem Kollegen geschickt auf dem verbeulten Dach versteckt worden war. Die halbe Nacht hatten sie gewartet, bis das Monster wiederkam. Jetzt sah er, wie es die Frau, bei der es sich eingenistet hatte und einen unbekannten Mann aus einem Taxi zerrte. Neben der Sitzbank war ein kleiner Werktisch gebaut, an dem Kalle saß. Mit verbissener Konzentration und einer Stirn, auf der sich die Sorgenfalten stapelten, notierte er jede Bemerkung Schröders in eine Kladde. Unter der Werkbank waren Holzkisten, in denen sich ähnliche Kladden auftürmten. Sein Nacken war steinhart vor Anspannung, das trübe Licht einer einzelnen Schreibtischlampe spiegelte sich in seiner Halbglatze, ein kleiner Kranz aus blassbraunem Haar war ihm noch geblieben.

»Schreib auf: Tag 7, 2:20. Das Monster ist in der gleichen Form, in der es das Haus verlassen hat, wieder angekommen. Es scheint seine Geisel mit Gewalt in das Haus zu zerren und hat einen jungen Mann dabei, der ihnen folgt«, Schröder machte eine lange Pause, die Kalle mit einem ungeduldigen Seufzer kommentierte. »Ich verstehe einfach nicht, was es vor hat. Die anderen haben nie so lange mit ihren Opfern rumgemacht.«

Kalle grunzte nur als diffuse Antwort. Er hatte schon lange aufgehört, über Motive nachzudenken, das wusste Schröder. Aber ihn ließ die Frage nicht los.

»Kalle, schreib auf: 2:33 – in der Wohnung sind Bewegungen und Schatten zu sehen«, zischte Schröder und sein Schnurrbart zuckte.

»Un, was machense?«

»Woher soll ich das wissen? Die Gardinen sind zu.«

Mit zusammengekniffenen Augen starrte er in die Linse des Periskops.

»Sie scheinen zu kämpfen.« Einen Moment später erkannte er, was er da tatsächlich beobachtete, »Oh, nein sie kämpfen nicht. Sie ...«, er beendete den Satz nicht, aber Kalle verstand ihn trotzdem.

Zwei Stunden später schlich sich ein großer Mann aus der Haustür. Schröder stieß Kalle an, der über seiner Kladde eingeschlafen war.

»Schreib auf! Tag 7, 4:30. Ein Mann verlässt das Haus, es könnte der junge Mann sein, der flüchtet oder das Monster in neuer Form. Ich versuche mal, ihn genauer zu erkennen, warte ...«, gebannt starrte Schröder durch das Periskop.

»Machste ma hinne? Mäh weddn nie feddich!«, knurrte er Schröder an. »Was issn da nu?«

»Ich weiß es nicht Kalle! Wir sind dieses Mal vorsichtiger.«

Kalle nickte nur stumm. Vor einer Woche erst hatten sie auch einen jungen Mann verfolgt, der morgens aus der gemeinsamen Wohnung des Monsters und seiner Freundin gekommen war. Kalle war sich sicher gewesen, dass es das Monster war. Aber nach mehreren Stunden ohne Veränderung, mussten sie feststellen, dass es nur ein normaler Mann war, dem sie da folgten. Seitdem blieben sie bei der Wohnung. Dort war die Chance, das Monster eines Tages zu erwischen am größten. Noch nie hatten sie so lange gebraucht, ein Monster einzufangen. Schröder hatte schon seit Tagen schreckliches Sodbrennen, Hermann schien noch stiller als sonst – was bisher niemand für möglich gehalten hatte – und Kalles Ton war motziger geworden. Es wurde dringend Zeit für Ergebnisse, das wussten sie. In den letzten drei Jahren hatten sie erfolgreich gearbeitet, im Gegensatz zu dem Jahr davor. Ihnen war kein Monster entkommen. Bis jetzt.

»Ich frage mich, was dieses Monster vorhat. So etwas treibt es immer wieder,« Schröders Stimme passte nicht zu seiner Statur. Sie war tief, laut und voll. Er konnte ein gewaltiges Donnergrollen von sich geben, das andere Menschen zusammenzucken ließ. Schröder war der unangefochtene Anführer der kleinen Gruppe. Er hatte sie zusammengeführt, er besaß die Garage, in der sie ihr Hauptquartier hatten, er sagte, wo es langging. Bisher hatten Schröder und sein Schnurrbart sie von einer erfolgreichen Monsterjagd zur Nächsten geführt.

Doch dieses Mal war es anders.

Schwerer.

Das laute Klingeln des Telefons ließ ihn zusammenzucken. Kalle reichte Schröder mit hochgezogenen Augenbrauen das Telefon, das er noch immer in der Hand gehalten hatte. Schröder schaute aufs Display und wurde blass.

»Sie ist dran«, flüsterte er und sog hörbar die Luft ein, dass sich fast ein Vakuum in dem kleinen Bus bildete. Schröder räusperte sich, »Ja, Boss?«. Obwohl er sich Mühe gab, seine Stimme vom Zittern abzuhalten, gelang es ihm nicht. Kalle konnte nicht hören, was am anderen Ende der

Leitung gesprochen wurde, aber sie sahen deutlich, wie auch der letzte Rest Farbe aus Schröders Gesicht wich.

»Wir sollten die anderen wecken«, sagte er, nachdem er aufgelegt hatte.

TEIL 2. SONNTAG

13 KIM

Der Übergang vom Schlafen zum Wachen war einer ihrer täglichen Lieblingsmomente. Kim kam langsam zu sich, ohne von ihren Sorgen und Problemen zu wissen. In diesen Augenblicken konnte Kim einfach sein, ohne Fragen und Sehnsüchte. Während sie im morgendlichen Restschlummer lag, musste sie nicht wissen, wer sie war und warum sie ihr Aussehen verändern konnte. Sie wachte auf, wie sie eingeschlafen war.

Kim lag, in Kissen gekuschelt, in Annas Bett. Sie roch die Knoblauchsauce von dem Falaffeldürüm, den sie gestern Nacht noch halb gegessen hatte und dessen Überreste nun auf den Fußboden neben ihrer Bettseite lagen, dann nahm Kim die Musik aus dem DVD-Menü einer Scrubs-Staffel wahr, die sie gestern Abend noch eingelegt hatten, als Alibi, um einen Grund zu haben sich mit dem Typ, den Anna abgeschleppt hatte, ins Bett zu legen. Eigentlich unnötig, denn sie alle hatten gewusst, was passieren würde. Der Typ, dessen Name sie vergessen hatte, musste in den frühen Morgenstunden abgehauen sein, und so lag sie mit Anna allein im Bett.

Kim hatte zwar einen leichten Kater von all dem Kirschschnaps, aber der war auszuhalten und würde gleich noch erträglicher werden. Anna lag noch leise schnarchend neben ihr, Kim streckte sich vorsichtig über sie hinweg und griff nach dem halben Joint, der noch vom Abend zuvor übrig geblieben war und im Aschenbecher auf Annas Nachttisch lag. Leise, um Anna nicht zu wecken, stand sie auf und tapste in ihr Zimmer, um sich ihren Morgenmantel überzuwerfen. In der Küche setzte sie die Espressokanne auf den Herd und zündete sich den Joint an. Die ersten Züge schmeckten muffig, aber schon bald konnte sie den warmen Qualm einsaugen, der in ihrer Lunge das bekannte Kratzen auslöste. Das Gras, das Anna von einem Kollegen aus dem Krankenhaus bekam, war ziemlich stark und löste in Kim immer eine angenehme Taubheit aus. Perfekt bei Katerschmerz.

Eigentlich habe ich ein echt gutes Leben, ging es Kim durch den Kopf. Es hätte mich jedenfalls viel schlimmer treffen können. Sie nahm einen weiteren Zug und hielt den Rauch möglichst lange in der Lunge, bevor sie ausatmete. Ich sollte heute noch was arbeiten, dachte sie mit einem leichten Schuldgefühl, als sie auf den Joint schaute.

Kim hielt sich mit kleinen Texterjobs im Internet über Wasser, so musste sie keinen direkten Kontakt mit Menschen haben und arbeitete von zuhause aus an Annas altem Laptop. Sie benutzte Annas Konto für die Auszahlungen und beteiligte sich so direkt an allen Unkosten, auch wenn Anna ganz klar den größeren Teil ihrer Ausgaben bestritt. Aber auch das hatte sie nie zu einem Thema zwischen ihnen gemacht. Im Gegenteil, sie lehnte teilweise vereinbarte Zahlungen ab. »Gib mir nachher einen aus! Ich will tanzen gehen«, war meistens ihre Antwort.

Sie zog nochmal an der Tüte und goss frischen Espresso aus der silbernen Kanne in eine Tasse, die sie dann mit aufgeschäumter Milch füllte. Der starke Kaffeeduft stieg ihr in die Nase und genussvoll nippte sie an der Tasse. Hach, himmlisch. Ein Moment der Ruhe und des Friedens.

Sie setzte sich an den Küchentisch und klappte ihren Laptop auf, die Website der Polizei Kassel war noch immer geöffnet.

Kim hielt einen Moment inne. Sie könnte jetzt weiter nach Hinweisen auf ihre Identität suchen, aber sie hatte an diesem Morgen keine Lust. Sofort setzte ein schlechtes Gewissen ein. Sie sollte eigentlich jede freie Minute nutzen, um Anna nicht weiter zur Last zu fallen. Aber manchmal, wirklich nur ganz selten, fragte sie sich, ob sie in der Wunde weiter stochern sollte; dann fragte sie sich, was denn mit ihr nicht stimmte, dass sie nicht unbedingt herausfinden wollte, wer sie mal gewesen war.

Fast trotzig drückte sie das kleine X in der oberen rechten Ecke der Website und wartete kurz darauf, dass sich ein erlösendes Gefühl einstellte. Aber es kam nicht. Dafür kam Anna in die Küche.

»Hast du etwa den Dübel von meinem Nachttisch geklaut?«

Kim zuckte mit den Achseln und zog demonstrativ noch einmal an dem Joint. Dann reichte sie ihn grinsend an Anna weiter, die sich auf den Küchenstuhl gegenüber fallen gelassen hatte und aus Kims Kaffeetasse trank.

»Was für ein Abend! Ich bin so schrecklich verknallt in Karla, es ist unglaublich!«

»Das hat jeder gestern Abend gesehen. Vom Mond aus.«

»Und dann dieser Typ heute Nacht. Ich habe seinen Namen schon wieder vergessen,« Anna hielt inne, starrte an die Decke und versuchte offensichtlich, sich an seinen Namen zu erinnern. »Mhm, egal. Aber der war auch heiß. Und hatte durchaus seine Vorzüge! Das ist halt das Problem! Ich fände ja eine monogame Beziehung mit Karla schon schick, aber langfristig möchte ich dann doch wieder Kontakt mit einem Penis haben. Ich mag Penisse eben.«

»Der korrekte Plural von ›Penis‹ ist aber nicht ›Penisse‹, sondern ›Penes‹. Mit ›e‹«, Kim nahm ihr wieder die Tüte aus der Hand. Langsam wurde ihr schwummerig.

»Ich muss heute Abend wieder arbeiten und will noch ganz dringend schlafen«, seufzte Anna.

»Dann solltest du jetzt nicht unbedingt Kaffee trinken.«

»Aber es ist so lecker.«

»Mhm«, mehr fiel Kim nicht ein.

»Wollen wir uns auf die Couch kuscheln und einen lustigen Film gucken, bis ich einschlafe?«

»Das klingt nach einem soliden Plan«.

»Komm, wir gucken ›The Notebook‹!«

»Sehr gut, Nicholas Sparks ist einfach immer witzig!«

14   Schröder

Die vier Monsterjäger hatten sich, wie verabredet, in einer leeren Lagerhalle eingefunden. Dort trafen sie sich immer mit ihrer Chefin. Sie wussten auch, dass diese Halle nur scheinbar leer war, und sie wussten auch, dass sie nicht wissen wollten, was im hinteren Teil passierte. Jedes Mal, wenn sie kommen sollten, befürchteten sie, es würde das letzte Mal werden. Wie eine Herde Schafe drängten sie sich in den kleinen Lichtkegel, der durch die Tür in das Dunkel fiel. Sie bestellte sie regelmäßig ein und ließ sie dann warten. Das machte sie gerne. Wahrscheinlich nur ein plumpes Demonstrieren ihrer Macht, aber es wirkte. Schröder rann der kalte Schweiß den Rücken hinunter, im Nacken spürte er Kalles nervöses Schnaufen und Hermann schien noch starrer zu sein als sonst. Er blickte kurz zurück zu Jensen, der noch fast im Türrahmen stand. Er popelte.

Da sprang plötzlich mit einem Knall die weiße Deckenbeleuchtung an. So hell und kalt, dass es in den Augen schmerzte. Schröder kniff die Augenlider zu. Noch bevor er sie öffnen konnte, hörte er die sanfte und weiche Stimme, die ihn erschaudern ließ.

»Meine Herren, danke dass ihr gekommen seid. Ich möchte gerne hören, wie es mit eurem aktuellen Auftrag vorangeht. Ich mache mir ja langsam Sorgen, dass ihr dem nicht gewachsen seid.«

Schröder räusperte sich. Er wollte es nicht auf sich und seinen Jungs sitzen lassen, aber sie hatte Recht. Sie kamen gerade nicht so schnell voran wie gewünscht.

»Wir müssen in diesem Fall mit Bedacht vorgehen. Dieses Monster ist eine besondere Herausforderung!«

»Nun ja, das sind sie doch alle. Jedes auf seine Weise. Wäre es einfach, sie einzufangen, dann bräuchte ich euch nicht. Aber ich muss sagen, ich habe von euch Besseres erwartet.« Sie strich sich ihren braunen Tweedrock glatt. »Ich bin nicht wütend, nur ein wenig enttäuscht. Das muss ich leider sagen«, Sie fixierte Schröder mit einem Blick, der einfach alles bedeuten konnte, und trat so nah vor ihn, dass er den Geruch aus Mottenkugeln und Kölnisch Wasser wahrnahm, den sie verströmte.

»Muss ich über eine zusätzliche Motivation für euch nachdenken? Würde das denn helfen? Ich überlege mir mal was bis zu unserem nächsten Treffen!«

Noch immer hatte sie ihre Augen fest auf ihn gerichtet und griff dann langsam in die Tasche ihrer Tweedjacke. Wieder spürte Schröder den kalten Schweiß seinen Rücken hinablaufen.

»Du siehst unzufrieden aus. Hier« sie zog ihre Hand schnell wieder hervor, Schröder zuckte zusammen, »nimm ein Sahnebonbon.«

Sie drückte ihm ein goldenes Bonbonpapierchen in die Hand

und kniff ihm in die Wange. Länger als notwendig. Schröder war sich sicher, dass sein Herz für ein paar Schläge ausgesetzt hatte.

Sie waren seit drei Jahren für diese Frau tätig. Seit drei Jahren jagten sie Monster, brachten sie zu der Frau und fragten sie nicht, was mit ihnen passierte. Aber sie sahen sie nie wieder. Natürlich nicht, wozu auch? Es waren ja schließlich Monster. Vielleicht sperrte sie sie irgendwo ein oder brachte sie um und verscharrte ihre Überreste. Das kümmerte sie nicht. Ihre Aufgabe war es, die Monster einzufangen und die Menschen vor ihnen zu beschützen. Aber noch nie hatte ihnen ein Monster so viel Ärger gemacht wie der Gestaltwandler. Schröder räusperte sich verzweifelt und hoffte, dass seine Stimme nicht brechen würde.

»Es macht natürlich auch die Überwachung denkbar schwierig, einen Gestaltwandler zu verfolgen. Jemanden, der ständig anders aussieht.«

»Wollt ihr euren Job etwa nicht mehr?«, sie legte den Kopf schief, wie ein Hund. Ein bösartiger Hund. »Wir müssen unsere Zusammenarbeit ja nicht weiterführen. Ihr seid frei von diesem Auftrag zurückzutreten.« Sie sagte das so. Schröder wusste, dass sie keine Wahl hatten. Ohne ihre Hinweise, ihre Ausrüstung und auch das Geld, das sie ihnen gab, waren sie aufgeschmissen. In den letzten Jahren hatten sie endlich Erfolg gehabt, endlich musste er sich nicht mehr wie ein Versager fühlen, der vom Gehalt seiner Frau lebte, um einem Hirngespinst nachzujagen. Natürlich konnte er noch immer niemanden erzählen, was er tat, aber er spürte es endlich.

»Doch, wir möchten diese Zusammenarbeit natürlich weiterführen«, er dachte an die Monster, die sie bereits beobachtet, gejagt und gefangen hatten. Gemeinsam. Er und seine Männer. Ein blutrünstiges Ungetüm nach dem anderen. Ihr erstes Monster war ein großer und grobschlächtiger Typ gewesen, der einen dazu brachte, die Straßenseite zu wechseln, wenn man auf ihn traf. Auch ohne, dass man wusste, was sich hinter seiner Fassade verbarg, sah er furchteinflößend aus. Sie hatten ihm aufgelauert und ihn dabei überrascht, als er versuchte, eine junge Frau nachts in ein Gebüsch zu ziehen. Mit einem von Kalle etwas aufgemotzten Elektroschocker konnten sie ihn kampfunfähig machen, das Mädchen retten und den Mann zu ihrer Auftraggeberin bringen. Das erste Ziel – in nur einem Tag erledigt. Schröder selbst hatte es kaum für möglich gehalten. Es war schwer, etwas zu jagen und zu suchen, von dem die meisten Menschen doch überzeugt sind, das es nicht existiert. Aber Schröder wusste es besser. Es gab Wesen da draußen, die nur auf den ersten Blick menschlich waren.

Leider.

15   VOR VIELEN JAHREN

Das Dörfchen wirkte in dem goldenen Licht der aufgehenden Sommersonne verdächtig idyllisch. Weiße Fachwerkhäuser an Kopfsteinpflasterstraßen, Katzen die faul auf dem warmen Teer der Bürgersteige lagen, mit Efeu bewachsene Gartenmauern. Und eine elektrisierende Spannung, die in der Luft lag, wie ein schreckliches Versprechen. Harmlos, auf eine beruhigende Weise, so begannen die Horrorfilme, die den Zuschauer zuerst in Sicherheit wiegen wollten. Abgeklärte Zuschauer wussten sofort, dass gleich eine schreiende Schreckgestalt aus einem der saftiggrünen Büsche springen würde. Schröder wusste es damals noch nicht. Er war auch erst zwölf.

Die Luft war noch kühl von der Nacht zuvor, aber man spürte, dass es heiß werden würde. Ein perfekter Sommerferientag, an dem die Kinder ins Freibad fuhren, die Väter nach der Arbeit Rasen mähten und die Mütter Eis am Stiel aus den Tiefkühltruhen holten. Und ein Tag, an dem der tote Körper eines kleinen Mädchens auf dem Dorfplatz lag. Sie trug noch immer ihr rosa Nachthemd, mit dem ihre Mutter sie am Abend zuvor ins Bett gebracht hatte. Wie jeden Abend hatte sie ihre Tochter zugedeckt, ihr einen Kuss auf die Stirn gegeben und das Fenster im zweiten Stock, mit dem Fliegen-

gitter davor, leicht geöffnet. Wenig später stand das kleine Mädchen auf und tappte in das Zimmer ihres großen Bruders.

»Darf ich bei dir schlafen?« Ihre Frage war leise und flehend.

»Nein Greta, geh in dein Zimmer!«

»Aber da habe ich Angst! Da ist ein Monster unter meinem Fenster.«

»Stell dich nicht so an. Du bist doch kein Baby mehr!«, grummelte ihr großer Bruder und drehte sich in seinem Bett um. Er hörte ihr leises Seufzen und schlurfende Schritte, dann das leise Schlagen ihrer Tür. Das waren die letzten Worte, die er je zu seiner Schwester sagte.

Niemand wusste, wie sie nachts aus ihrem Zimmer kam, denn die Haustür war abgeschlossen. Auch der Familienhund hatte nicht angeschlagen. Aber am nächsten Morgen lag die kleine Greta tot auf dem Dorfplatz. Der alte Mann, der in einem kleinen Häuschen direkt gegenüber des Platzes wohnte und morgens seine Katze ins Haus ließ, sah etwas Rosafarbenes durch die Büsche schimmern. Als er näher heranging, erkannte er das Nachbarskind.

Ein Schrei ging durch das Dorf.

Am Nachmittag stand der kleine Schröder am Rahmen der Küchentür. Schuld lag schwer in seinem Magen und drückte *bis hinauf in seine Kehle. Er betrachtete seine Mutter, die das Kuschelkissen seiner kleinen Schwester an sich drückte und nicht aufhören konnte zu weinen. Er wollte zu ihr gehen, sie in die Arme nehmen und trösten. Aber ein bisher ungewohntes Gefühl der Scham hielt ihn zurück.*

Frische Trauer ist ein gnädig scharfes Schwert. Nahezu taub stand der kleine Schröder am Grab seiner Schwester und hielt die steife Hand seiner Mutter. Der Gesichtsausdruck seines Vaters war leer, er war direkt neben ihm, aber zugleich unendlich weit weg. Die Trauergäste, die versuchten ihr Beileid auszusprechen, waren sprachlos. Was sagt man Eltern, die ihr Kind auf so eine Weise verloren hatten? Es gab keine Worte, nichts Tröstliches.

Der Täter wurde nie gefasst, und auch wenn man sich gegenseitig versicherte, dass das jemand »Fremdes« gewesen sein musste, verdächtigte man sich insgeheim doch gegenseitig. Eine Tragödie wie diese, so erschütternd und sinnlos, trifft nie nur eine Person oder eine Familie. Sie trifft alle drumherum. Das Dorf fühlte sich nicht mehr an wie vorher. Alle beäugten sich mit Argwohn. Als sein Vater von den Gerüchten erfuhr, er selber hätte etwas mit dem grausamen Mord an seiner Tochter zu tun, hörte er auf, seinen neuen Alkoholkonsum zu verbergen. Mit vierzehn fand Schröder seinen Vater das erste Mal betrunken im Hausflur liegen. Seine Mutter hatte die Schlafzimmertür von innen abgeschlossen. Die Familie des jungen Mannes, den sein Vater eines Tages betrunken im Morgengrauen überfuhr, war erst vor Kurzem in das Dörfchen gezogen und wusste von der Tragödie nichts. Schröders Vater wurde vier Tage später an einem Baum hängend gefunden. Die alte Eiche stand allein mitten auf einem Feld. Die Polizei ging sehr schnell von Selbstmord aus.

Schröder war sich da aber nie so sicher gewesen.

Schröder sog scharf Luft durch die Nase und drückte die Schultern durch. Seit drei Jahren arbeiteten sie für die alte Dame. Er und ›seine Jungs‹. Sie waren erfolgreich und erbarmungslos – bis jetzt. Er spürte ihre Ungeduld, sah sie im Zucken ihres Mundwinkels, im Wippen ihres rechten Fußes, spürte die Spannung in der Luft. Sie starrten sich an, für eine endlose Minute. Dann, mit dem Wedeln ihrer Hand, verscheuchte sie die Monsterjäger aus ihrem Reich.

»Gut. Dann erwarte ich aber auch Ergebnisse, Herr Schröder. Sonst werden wir unsere Arbeitsbeziehung nochmal überdenken müssen!« Wie auf Kommando ertönte ein markerschütternder Schrei aus dem hinteren Teil der Lagerhalle. Sie kommentierte es mit einem kalten Lächeln: »Sie verstehen mich, oder?«

Zitternd verließ Schröder das dunkle Lagerhaus. Der Schrei hallte noch immer in seinem Kopf nach.

»Junge!« Die Hexe stand in der großen Küche des kleinen Häuschens am Wald und trommelte ungeduldig mit ihren Fingernägeln auf der Arbeitsplatte aus Holz. Wenn sich das Gör immer so viel Zeit ließ, würden sie nie rechtzeitig vorbereitet sein!

»Ich bin doch hier«, ein blonder Wuschelkopf reckte sich aus der kleinen Vorratskammer, die zur Küche gehörte.

»Was treibst du denn? Ich habe dir gesagt, wir müssen die Vorräte auffüllen und du musst deine Heilzauber üben.«

»Mama,« seine ganze schlaksige Erscheinung trat aus der Rumpelkammer und kam auf sie zu. Er war fast zwei Köpfe größer als sie und sie konnte nicht verhindern, dass er ihr liebevoll die Hand auf die Schulter legte.

»Wenn ich wüsste, was los ist, könnte ich auch zielgenauer unsere Vorräte kontrollieren. Ich habe leider nicht sonderlich viel, mit dem ich arbeiten kann.«

Die Hexe knurrte nur.

»Knurr mich nicht an. Ich habe keine Angst vor dir«, ihr Junge lächelte sie an. Ganz egal wie groß er noch wurde, er war immer ihr kleiner Junge. Egal ob so, mit blonden Locken oder mit schwarzer Perücke und roten Lippen, die wie Speckschwarten glänzten.

»Ich weiß es auch nicht, mein Kleiner. Ich weiß nur, dass etwas kommt. Etwas Großes. Es ... es wird schlimm dieses Mal. Schlimmer als das, was nicht passiert ist, mit den Engeln und dieser beschissenen Dämonenschlampe.«

»Schlampe ist ein schrecklich sexistisches Scheißwort.«

»Jajaja. Einigen wir uns darauf, dass sie eine unangenehme Nichtperson war, okay?«

»Gut, damit kann ich leben.«

»Schön. Dann füll die verdammte Vorratskammer. Mit allem, was dir einfällt. Wenn es losgeht, möchte ich keine Kompromisse bei den Tränken machen, nur weil mir irgendwas fehlt.«

»Okay Mama.«

Aurora kam mit einem strahlenden Lächeln in die Küche. Sie war eine italienische Dame, eine Nonna, die sich um ihre Liebsten mit einer Vehemenz kümmerte, die keinen Widerspruch zuließ, und auch wenn sie zwei Köpfe kleiner war, es immer schaffte Hans Peter im Vorbeigehen in die Wange zu kneifen.

Sie trug den Geruch von Heu und getrockneten Kräutern mit sich. Aurora hatte fleißig den Garten nach den perfekten Pflanzen abgesucht, die Hans Peter und Asrael dann ausgruben und trockneten. Ihre Anwesenheit beruhigte Hannah, sie war eine späte Belohnung in ihrem Leben. Aurora nahm ihr Gesicht in die Hände und küsste sie auf die Stirn.

»Wir werden alles vorbereiten, was du brauchst, Cara Mia.«

Hannah wusste, dass diese Geste beruhigend wirken sollte, aber sie hatte so viel Angst, wie noch nie zuvor. Sie hatte nicht nur das Kind, sondern auch Aurora, und was man liebte, konnte einem genommen werden.

Sie musste noch mehr tun. Sie durfte sich nicht überrumpeln lassen. Zum dritten Mal heute schlurfte sie davon, um ihre Messersammlung zu überprüfen.

17   HANS PETER

»Ist sie weg?«, hörte er die Stimme seines Liebsten aus dem Flur.

»Ja, sie ist gerade raus.«

Asrael trat in den Raum. Er war ein großer, dunkler Mann mit sauber rasiertem Kopf und Schultern, die so breit waren, dass sie wahrscheinlich die ganze Welt tragen konnten. Er ging auf den schmalen Mann zu und nahm ihn zärtlich in die Arme. Hans Peter liebte es, in den Umarmungen seines Liebsten fast zu verschwinden.

»Ich will ja nichts sagen, aber deine Mutter ist gerade noch gruseliger als sonst«, sagte Asrael, während er Hans Peter liebevoll durch das lockige Haar fuhr.

»Sagte der Dämon aus der Hölle«, Hans Peter musste lachen.

»Nun, deine Mutter hat einigen Höllenbewohnern schon eine Heidenangst eingejagt, bevor sie dich an ihrer Seite hatte. Jetzt ist sie das Schreckgespenst, von dem sich Schreckgespenster erzählen.«

»Ich finde es nicht schön, wenn ihr so über sie redet!« Aurora stand noch in der Mitte des Raumes und sah die beiden streng an. »Deine Mutter hat Angst!«

»Sie ist wirklich sehr nervös gerade«, Hans Peter löste sich aus der Umarmung und schaute in die Richtung, in der seine Ziehmutter gerade verschwunden war.

»Wir haben noch viel zu tun!« Aurora schaute Asrael auffordernd an und verschwand dann durch die Gartentür.

»Ihre Nervosität macht mir Angst. Was auch immer sie erwartet, was auch immer sie in ihrer Vision gesehen hat, hat sie mehr verstört, als alles was wir bisher gesehen haben.«

Hans Peter atmete schwer aus. Es gab da diese Sache, an die sie sich nicht erinnern konnten. Sie alle wussten, dass es ihnen passiert war, aber nicht was und mit wem, denn die Zeitlinie war aus dem Kosmos gelöscht worden. Manchmal tauchten verschwommene Bilder auf, die aber schnell wieder verschwanden, wie bei einem Traum, der nach dem Aufwachen noch da ist, aber dann immer mehr verschwindet und nur das Wissen zurücklässt, dass man etwas geträumt hat, das aber schon wieder vergessen wurde. So flüchtig und dennoch nagend.

»Solange du bei mir bist, bekommen wir alles hin«, sagte er und lehnte sich wieder an Asraels Brust. »Wenn du bei mir bist, dann schaffen wir alles.« Er spürte, wie sich warme Lippen auf seinen Kopf drückten, schloss die Augen und wünschte sich wieder einmal, dass er einfach mit seinem Mann allein und in Ruhe bleiben könnte.

»Hans!«, brüllte seine Mutter aus dem Flur »Wo ist meine Machete?«

»Ich gehe ihr mal suchen helfen.«

»Mach das. Ich gehe zu Aurora in den Garten und helfe ihr beim ... na was auch immer sie gerade macht.«

»Vor meiner Mutter fliehen wahrscheinlich.«

»Na, dabei helfe ich ihr besonders gerne.«

Sie grinsten sich an, dann gingen sie durch gegenüberliegende Türen hinaus. In diesem Moment wurde das eben noch empfundene warme Gefühl weggewischt und Hans Peter durchlief ein Schauer, wie ein schlechtes Omen.

Er liebte es, mit seiner Beute zu spielen. Anna hatte keine Ahnung, wie nah er ihr schon gewesen war. Wenn er dieses unpassende Ärgernis schon ertragen musste, wollte er wenigstens Spaß dabei haben!

Und jetzt war endlich wieder Bewegung in der Sache. Zu lange hatten sie auf abschließende Ergebnisse warten müssen. Jetzt ging es voran. Es passierte etwas und bald läge diese unschöne Episode hinter ihnen. Er konnte es kaum erwarten, sich auf seine wahre Berufung zu konzentrieren.

19   SCHRÖDER

Schröder saß in der tristen Garage, die ihr Hauptquartier war. Seine Ellenbogen ruhten auf seinen Knien und mit den Handballen rieb er sich über die Augen. Die letzten Tage hatten ihn ermüdet und aufgekratzt zugleich. Er verstärkte den Druck bis er Sterne flimmern sah, er wollte sich keine Schmerzen zufügen, aber die tanzenden Sterne beruhigten ihn. Nach einem Moment ließ er seine Hände mit gleichem Druck über sein Gesicht wandern. Jensen und seine schrecklich langen Beine, saßen ihm gegenüber. Er war so grotesk lang und dünn, er sah aus wie ein Stück Kaugummi, das von einem verspielten Kind in die Länge gezogen worden war, eine bizarre Mischung aus Gottesanbeterin und Faultier, seine Knie erreichten im Sitzen fast sein teilstoppeliges Kinn, dachte sich Schröder; wohingegen seine eigenen Beine beschlossen hatten, mit dem Wachsen aufzuhören, als er eine Gesamthöhe von 1,55 Metern erreicht hatte. Schröders Oberkörper hatte allerdings von dem Wachstumsstop der Beine nichts mitbekommen und wuchs ungebremst weiter, so lief er auf viel zu kurzen O-Beinen durch die Welt, sitzend hätte man ihn auf mindestens 1,80 schätzen können, dabei war er tatsächlich 1,68 Meter groß und der Kleinste der vier. Kalle war nur ein wenig größer und hatte eher die birnenförmige Figur eines schlanken Mannes, der zu viel Zeit sitzend verbrachte.

Hermann war, zumindest äußerlich, der normalster der Vier, abgesehen von den Narben, die seinen ganzen Körper übersäten.

»Okay, was machen wir jetzt?«, Schröder brach das Schweigen und blickte in die Gesichter seiner Kollegen; hoffte, dort Antworten zu finden, aber er wurde enttäuscht. Hermanns Blick war ziellos in eine dunkle Ecke seiner Garage gerichtet, er zuckte nur mit den Schultern. Schröder war sich nicht sicher, ob er ihn überhaupt gehört hatte; Kalle kratzte sich an seiner Halbglatze, auch sein Gesicht gab keine Hoffnung auf eine hilfreiche Antwort. Einen Gestalt-wandler zu jagen, war eine ganz neue Herausforderung. Der Nordhesse war zwar ein echtes Genie, wenn es darum ging, neue Geräte für die Monsterjagd zu entwickeln, aber an dieser Herausforderung scheiterte auch er. Jensen kaute konzentriert an dem Nagel seines rechten Ringfingers.

»Ihr seid mir eine schöne Hilfe!«, seufzte Schröder. »Wir jagen ein Monster, das wahrscheinlich eine junge Frau als Geisel hält und sein Aussehen absolut willkürlich anpassen kann. Wir haben keine Ahnung, wie wir es verfolgen sollen, und unsere Chefin wird langsam ungeduldig. Also, was machen wir jetzt?«

Hermann warf einen Blick zu Kalle und zog eine seiner Augenbrauen hoch. Kalle verdrehte die Augen. »Gugg net so!«

Wieder herrschte Schweigen. Schröder seufzte.

»Wasn mit dem anderen Mädchen?«, fragte Jensen. Niemand hörte ihn. Schröder war zu sehr damit beschäftig, sich wieder Sterne vor die Augen zu reiben. Außerdem hörten sie Jensen als generelle Regel nur selten zu.

»Wie dem auch sei,« seufzte Schröder »Wir müssen etwas tun. Also lauern wir ihr einfach weiter auf und hoffen, dass die nächste Woche besser läuft als die letzte?«

»Wenn mäh es nur ne Segunde net sähe, könne mäh net sicha sin.«, erwiderte Kalle.

»Aber, wenn wir das andere Mädchen ...?«

»Sei still Jensen, wir alle wollen das andere Mädchen retten.«, zischte Schröder.

»Aber wir könnten doch ...«

»Was ist denn, wenn wir das Monster irgendwie markieren, so dass wir sie wiedererkennen?«, überlegte Schröder laut.

»Mit einer Art unsichtbaren Farbe? Mhm. Kalle? Geht das?«

Der hagere Mann zuckte mit den Schultern. »Mäh könne ...«, begann er einen Satz und ließ ihn dann grübelnd in der Luft hängen.

»Ja?«, Schröder starrte Kalle wartend und neugierig an.

Kalle rieb sich das Kinn, während Hermann beschloss, Schröder beim Starren zu unterstützen. Jensen stand auf, hob kurz die Hand, um Schröder auf sich aufmerksam zu machen, doch der war viel zu sehr mit Starren beschäftigt.

Jensen setzte sich, nur um gleich wieder aufzustehen und sich dann wieder zu setzen. Dann stand er wieder auf. Unruhig trat er von einem langen dürren Bein auf das andere. Hermann sah kurz zu ihm rüber, stupste dann Schröder an und wies mit einem Kopfnicken auf Jensens ungewöhnliche Betätigung hin.

»Um Himmels willen Jensen, geh doch endlich aufs Klo, wenn du so dringend musst.«

»Äh, ich muss doch gar nicht. Ich habe nur ne Idee.«

»Das erklärt dein schmerzverzerrtes Gesicht. Muss ne ganz neue Erfahrung für dich sein«, Schröder seufzte schwer.

»Nu, hör ma uff zu mähren! Lass den Jensen wat sagen«, Kalle sah Jensen ermutigend an.

»Also, ich bin verzweifelt! Was ist deine Idee?«, sagte Schröder.

»Schröder, nu lassn reden!«

»Ich wollte ihn ja reden lassen, du hast doch wieder gemotzt.«

»Na dann halt de Klabbe!«

Schröder wollte gerade wieder antworten, als sein Blick auf Jensen fiel, der sie mit offenem Mund ansah und offensichtlich auf etwas wartete.

»Äh,« er schaute zwischen den beiden hin und her, um sich zu vergewissern, dass er auch wirklich sprechen durfte.

Dann redete er weiter: »Also, die Geisel, das andere Mädel. Warum greifen wir uns nicht die? Dann is sie gerettet und wir können sie über das Monster ausfragen.« Jensen schaute erwartungsvoll in die Runde. Die Stille, die ihm entgegenschlug, war sowohl der Tatsache geschuldet, dass die restlichen Monsterjäger über seinen Vorschlag nachdachten, als auch von ihrer Überraschung, dass Jensen einen derart komplexen Gedankengang zustande gebracht hatte. Schröder kraulte sich den Schnauzer.

»Wow. Das klingt wie eine Idee. Ich bin wirklich überrascht!«

»Des geht nidd! Mäh könne doch ken unschuldigs Mädel entführe!«, Kalle war entrüstet.

»Wir entführen sie ja nicht. Wir retten sie. Im besten Fall kann sie uns wichtige Einsichten liefern und wir können dem Monster eine Falle stellen. Außerdem hast du vielleicht einen anderen Plan?«, Schröder schaute in die Runde. Kalle und Hermann schwiegen. »Nein? Also probieren wir es.«

Kalle schüttelte den Kopf, zuckte dann aber mit den Schultern. Schröder blickte zu Hermann und zog fragend die Augenbrauen hoch. Hermann schaute zurück und nickte dann leicht. Also war es beschlossen. Sie würden versuchen, die junge Frau zu entführen, um sie vor dem Monster zu retten und mehr Informationen über es zu bekommen. Endlich ein Plan, der funktionieren konnte. Sie bezogen wieder ihren Posten vor dem Backsteinhaus in der Frankfurter Straße, in dem Anna und Kim wohnten. Doch dieses Mal war ihr Ziel einfacher zu beobachten. Die kleine Frau mit den regenbogenbunten Haaren fiel immer auf.

Schröder war sich sicher, dass er nicht mal zwei Tage brauchen würde, um an Anna heranzukommen.

»Ich glaube, es wäre einfacher für dich, wenn du aufhören könntest, so ungeduldig zu sein!«

»Anna, ich kann nicht ›nicht ungeduldig‹ sein. Ich halte es einfach langsam nicht mehr aus.«

»Es wird aber nicht besser, wenn du dich so stresst. Oder mich – Du stresst mich.«

»Oh Mensch, das tut mir ja schrecklich leid.«

»Werd nicht ironisch mit mir, Fräulein!«

»Hast du mich gerade echt ›Fräulein‹ genannt?«

Kim starrte Anna mit einer Mischung aus Entrüstung und Unglauben an. Anna wollte gerade antworten, als es klingelte.

»Boah endlich! Die Pizza!«, Anna sprang auf und rannte zur Wohnungstür. Kurze Zeit später kam sie mit zwei großen Pizzaschachteln im Arm wieder ins Wohnzimmer.

»Siehste, war doch gar nicht so schlimm, oder?«

»Frag mich das nochmal, wenn ich mein erstes Stück gegessen habe.«

Kim klappte ihre Schachtel auf und nahm sich ein dampfendes Pizzastück, in das sie genüsslich ihre Zähne versenkte. Schweigend kauten sie, während sie Ryan Gosling dabei zusahen, wie er seine Angebetete dazu zwang, mit ihm auszugehen, indem er mit Selbstmord drohte.

»Wow, dass es Leute gibt, die es romantisch finden, dass er sie erpresst ... ich werde es nie begreifen«, nuschelte Anna mit dem Mund voller Käse-Ananas-Pizza.

»Aber es ist doch SO SCHÖN, dass er sie emotional bedrängt, weil er ihr an die Wäsche will«, Kim schloss den Satz mit einem lauten Würggeräusch ab.

»Du hast einfach keinen Sinn für Romantik!«, antwortete Anna gespielt vorwurfsvoll.

»Ich finde diese Pizza gerade sehr romantisch!«

»Du hast ein seltsames Verhältnis zu Essen. Aber ich bin ja tolerant.«

»Das mag sein, aber ich gehe jetzt erstmal in die Küche und hole mir Remoulade.«

»Remoulade auf Thunfischpizza? Boah, du bist echt ein Monster«, Anna lachte, aber nur einen Moment, dann stockte sie und sah kurz zu Kim hinüber. Sie wusste, was sie gesagt hatte, in dem Moment, als es ihre Lippen verließ und hoffte, Kim hätte es nicht gehört oder nicht wahrgenommen. Doch Kim blieb abrupt stehen. Sie hatte sie genau gehört und das Wort, das sie nicht zu ihrer Freundin sagen sollte.

»Ach scheiße, Süße! Tut mir leid, das habe ich nicht so gemeint.«

»Schon okay.«

Ohne sich umzudrehen, ging Kim aus dem Raum und Anna hörte sie in der Küche rumoren. Manchmal dachte sie nicht darüber nach, was sie sagte. Sie kannte das Problem. Es passierte ihr häufiger. Aber warum musste Kim auch so sensibel sein. Sie wusste doch, dass Anna sie nicht mit böser Absicht so nannte. Sie nahm einen weiteren Bissen von ihrer Pizza, hoffte Kim würde gleich mit ihrer Remouladensauce zurück ins Wohnzimmer kommen, lachen und sich neben sie setzen. Aber sie brauchte viel zu lange, um die blöde Tube aus dem Kühlschrank zu holen. Anna atmete genervt aus. Sie konnte nicht anders. Sie war nun mal genervt davon, dass Kim so empfindlich auf das M-Wort reagierte. Total unnötig. Dennoch, sie würde jetzt rüber gehen und sich entschuldigen, damit danach endlich wieder Ruhe einkehrte.

Als sie in die Küche kam, stand Kim am offenen Kühlschrank und starrte einfach vor sich hin.

»Versuchst du Zuul zu finden?«, Anna versuchte es mit einem Scherz. Sie versuchte es immer zuerst mit einem Scherz. Aber Kim reagierte nicht. »Püppi, es tut mir leid. Wirklich. Ich weiß, du magst das Wort nicht. Es ist mir rausgerutscht.«

»Schon okay«, sagte Kim wieder leise, ohne sich umzudrehen.

»Komm schon, das ist nicht fair. Sei nicht so.«

Kim reagierte nicht und Anna spürte, wie es sie wütend machte.

»Dann halt nicht. Bleib hier und schmoll mit mir, mehr als entschuldigen kann ich mich nicht«, wütend drehte Anna sich um und stapfte in das Wohnzimmer zurück. Kim blieb allein in der Küche und wischte sich eine Träne aus dem Augenwinkel.

Dann nahm sie die Remoulade aus dem Kühlschrank und ging zurück ins Wohnzimmer.

»Alles wieder gut?«, fragte Anna.

»Alles wieder gut«, antwortete Kim. Und sie meinte es auch fast ernst. Sie setzte sich aber dieses Mal auf den Sessel und aß ihre Pizza, ohne weiter mit Anna zu reden.

Teil 3 Montag

Der Sommer neigte sich allmählich dem Ende zu, Anna konnte schon den Herbst riechen. Sie liebte diese Zeit im Jahr, vor allem in ihrer Stadt. Anna war sich sicher, dass Kassel die schönste Stadt der Welt war. Der Spätsommer hier war jedes Jahr ein Versprechen. Eine Aussicht auf Ruhe, Entspannung und der Moment, in dem man dankbar war für das Grün der Stadt, die Parks und Aleen. Der Bergpark, die Karlsaue, die Goetheanlage, die Weinbergterrassen und der Hauptfriedhof, all diese grünen Inseln in der Stadt, waren im Sommer vollkommen überlaufen. Aber jetzt, zum Spätsommer hin, wurden die Personengruppen immer kleiner und man konnte zwischen den Picknickdecken wieder grüne Wiese erkennen. Für Anna bedeutete der Spätsommer, dass sie sich ihre Lieblingsplätze für einige Wochen zurückerobern konnte. Es war später Nachmittag, als sie zu ihrer Schicht ins Krankenhaus ging. Sie genoss es, sich auf dem Weg Zeit zu lassen. Die Sonne überzog ihre Umgebung mit einem warmen Licht und sie spürte sie auf ihrer Nase, als sie an einem Spielplatz voller tobender Kinder vorbei marschierte und von den hohen Bäumen, die hier den kleinen Weg säumten, verschluckt wurde. Der Park war noch immer gut besucht von Familien mit Kindern, Teenies, die auf der Wiese lagen, Radfahrern und Joggern. Hinter der großen Vintage-Sonnenbrille, die sie vor ein paar

Tagen auf einem Flohmarkt gefunden hatte, schloss sie für einen Moment die Augen und genoss die Wärme, den Lärm und den sanften Wind, der durch die Bäume strich. Sie hatte wirklich keine Lust, jetzt ins Krankenhaus zu gehen und sich dort acht Stunden lang darüber aufzuregen, dass immer weniger Krankenschwestern und -pfleger immer mehr Arbeit verrichten mussten. Lieber hätte sie sich jetzt auch dort auf die Wiese gelegt und den Studenten den Joint abgeschnorrt, dessen unverkennbarer Geruch ihr in die Nase stieg. Sie wäre auch gerne an die Uni gegangen, damals nach ihrem Abitur. Aber noch lieber wollte sie abends feiern gehen und dafür Geld verdienen. Vielleicht würde sie irgendwann nochmal anfangen. Wer weiß. Der gestrige Abend steckte ihr noch in den Knochen. Ihre Kater zeigten ihr, dass sie nicht mehr 20 war. Durchgefeierte Nächte ließen sich immer schwerer verarbeiten.

Gedankenverloren schlenderte sie weiter. Gleich musste sie die Gustav-Mahler-Treppen hochsteigen, die von der Aue direkt in die Kasseler Innenstadt führte. Dort war sie wiederum im Frühling am liebsten, wenn die Treppen von blühenden Kirschbäumen gesäumt waren. Natürlich war die Innenstadt, die Einkaufsmeile von Kassel, langweilig und öde, wie die meisten Einkaufsstraßen in Deutschland. Gefüllt mit den gleichen Geschäften und Restaurantketten, die sich aneinanderreihten, aber Kassel hatte diese geheimen

Ecken, die versteckte Schönheit, abseits von den Hauptstraßen. Kassel belohnte den Aufmerksamen mit besonderen Ecken, man konnte sich hier wie ein Entdecker fühlen.

Vor der Treppe stand im Sommer oft ein Eiswagen, bei dem sie sich noch eine Kugel Schokoladeneis holen wollte. Leider war der Eiswagen nirgendwo zu sehen. Nur ein alter, grauer Bus stand an der Ecke. Gruseliges Teil, Anna schüttelte sich, so sehen immer die Karren von Entführern und Mördern in schlechten Filmen aus. Natürlich würde im echten Leben nie ein Gangster, so eine auffällige Klapperkiste fahren. Sie grinste und wandte dem Wagen den Rücken zu. Gerade ging sie auf die Treppen zu, als sie eine Hand auf ihrer Schulter spürte. Ganz ohne nachzudenken, und wie ihr Selbstverteidigungstrainer es ihr gezeigt hatte, packte Anna die Hand, drehte sie um sich selbst, sodass die Handfläche nach oben zeigte, und drehte sich zu dem Besitzer der Hand um. Sie sah die vor Schmerz und Überraschung weit aufgerissenen Augen eines Mannes. Bevor sie weiter überlegen konnte, trat sie ihm so fest, wie sie nur konnte, in den Schritt, ließ seine Hand los und rannte davon.

Sie hätte die Treppen zur Innenstadt hochrennen können, dorthin wo noch mehr Menschen waren. Oder zur Orangerie zurück, dort war ein Restaurant voller Menschen. Sie hätte sich unter mehr Leuten in Sicherheit bringen können. Aber das tat sie nicht. Sie rannte, ohne nachzudenken, einfach den Kopfsteinpflasterweg entlang, an der ›Hessenkampfbahn‹, einem großen Leichtathletikplatz, vorbei und auf die Drahtbrücke zu. Diese Fußgängerbrücke über die Fulda führte in die Unterneustadt, ein Wohngebiet auf der östlichen Seite des Flusses. Anna dachte sich nichts dabei, dachte nicht daran, ob am späten Nachmittag die Bewohner dieses Viertels, hauptsächlich Eltern und deren Kinder, zu dieser Uhrzeit auf der Straße wären oder ob ihr jemand helfen könnte. Sie rannte einfach stur geradeaus, ohne Ziel. Nur der Gedanke WEG HIER hämmerte in ihrem Kopf.

Anna war schnelles Rennen nicht gewohnt, aber sie hatte sich den längstmöglichen Weg ausgesucht, um unter Menschen zu kommen. Ihre Lunge brannte und das Stechen in ihrer Seite machte das Atmen noch schwerer. Als sie die Drahtbrücke fast erreicht hatte, riss es ihr plötzlich die Füße unter dem Körper weg. Ihr Magen fühlte sich an, wie mit einem Wespenschwarm gefüllt, als sie fiel und auf den Schotterweg zuraste. Hart und schmerzhaft schlug sie auf dem Boden auf. Sie schnappte nach Luft und spürte den brennenden Schmerz abgeschürfter Haut an ihren Knien und Ellenbogen. Feiner Kies steckte in der Wunde, Tränen des Schmerzes und der Angst stiegen ihr in die Augen. Trotzig schüttelte sie den Kopf, als sie versuchte, ihre Atmung zu beruhigen. Das durfte doch nicht sein. Sie wollte in ihrer Stadt keine Angst haben. Kassel war doch nicht so gefährlich, dass sie sich am Tag nicht mehr trauen konnte durch einen Park zu laufen. Ihre Angst verwandelte sich in Wut. Das war ihre Stadt, ihr Zuhause und sie ließ sich nicht von irgendeinem Lauch ihr Zuhause wegnehmen. Sie rappelte sich auf und sah sich um. Das Adrenalin schoss durch ihren Körper, und wenn es jetzt um ›Flucht oder Kampf‹ ging, war sie sich sicher, dass sie nicht wegrennen würde. Aber sie konnte keine Verfolger sehen. Sie sah sich um. Vor ihr war die Drahtbrücke, neben ihr das Fuldaufer und ein Parkplatz. Und vor ihr auf dem Boden schaute einer der Pflastersteine weiter aus dem Weg heraus, als die anderen. Über den war sie wohl gestolpert. Da war niemand mehr. Ihre Knie zitterten und sie ließ sich auf eine Parkbank fallen. Hatte sie sich das alles nur eingebildet? Wie dumm konnte man sein. Vielleicht hatte sie nur jemand antippen wollen, weil sie was fallengelassen hatte, und sie hatte dem armen Mann voll in die Eier getreten und sich dann so in ihre Panik reingesteigert. Wie dumm sie doch war, das sah ihr ähnlich. Sie würde den Weg zurückgehen, den Mann suchen und sich entschuldigen. Vielleicht war es ein netter Familienvater, der sie nur was fragen wollte, und sie hatte ihn verletzt, weil sie eine dämliche Kuh war? Sie spürte, wie die Tränen in ihren Augen drückten. Gerade als sie loslassen und einfach losweinen wollte, spürte sie eine Person hinter sich. Noch immer voller Adrenalin sprang sie auf. Ein kleiner Mann kaum größer als sie, mit buschigem Schnauzbart stand vor ihr. In der Hand eine Spritze. Annas Augen weiteten sich, die Panik kam mit voller Wucht zurück und ihre Schuldgefühle von eben waren vergessen. Sie spürte, wie ihr Körper sich anspannte.

Flucht oder Kampf.

Sie würde nicht mehr wegrennen. Ohne darüber nachzudenken schoss sie nach vorn und schlug dem Mann mit beiden Händen hart vor die Brust. Er fiel nach hinten, strauchelte und stolperte die grasbewachsene Böschung zum Fuldaufer hinunter. Was zur Hölle war hier nur los? Sie hatte sich nicht geirrt und einen unschuldigen Mann zum neuen Mitglied eines Knabenchores gemacht! Wo war der andere Kerl? Der trieb sich hier auch noch rum! Während Anna sich noch umsah, wurde sie plötzlich von hinten gepackt und hochgehoben. Anna strampelte, doch sie konnte sich gegen den festen Griff um ihren Oberkörper nicht wehren. Sie spürte, wie sie hochgehoben und halb fortgetragen, halb über den Kies des Weges gezerrt wurde. Dann presste ihr jemand ein Tuch auf den Mund und die Nase. Es roch seltsam süßlich, chemisch. Wie zuckerfreie Limo. Dann wurde alles schwarz um sie herum.

Er saß im Schlafzimmer seiner Frau, an ihrem Bett. Es
war mal ihr gemeinsames Bett gewesen, aber er schlief
inzwischen im Wohnzimmer auf ihrer ausziehbaren
Gästecouch. Seine Frau hatte ein Schlafmittel bekommen
und lag in diesem Dämmerzustand im Bett, bei dem er nie
wusste, ob sie ihn hören konnte oder nicht. Er wollte ihr
alles erzählen, was heute passiert war. Er und seine Männer
hatten erfolgreich die Geisel des Monsters befreit, er war
stolz auf sich und seine Männer, auch wenn die
Befreiungsaktion nicht reibungslos abgelaufen war! Sie hatte
sich eher angefühlt wie eine Entführung. Trotzdem, sie
waren einen Schritt weiter. Aber er saß nur da und streichelte
die kalte Hand seiner Frau, die auf der Decke lag.
Schließlich nahm er sie zärtlich in seine Hände, küsste ihre
Fingerspitzen und legte sie sanft auf ihre Brust unter die
Decke. Die anderen waren noch drüben in der Garage und
wollten feiern. Er wollte nur einen Moment Ruhe mit ihr.
Die Pflegerin für seine Frau würde erst morgen früh wieder
kommen. Ein bisschen Zeit. Ein bisschen Ruhe. Er strich mit
seinem breiten Finger über ihre eingefallene Wange. Diese
Momente mit ihr waren so besonders, so einzigartig.
Meistens gab es sie nur, wenn sie schlief. Denn wenn sie
wachte, war sie unruhig und manchmal aggressiv. Sie hatte
sich verändert, war nicht mehr die Frau, die er mal geheiratet

hatte. Ihre blauen Augen waren stumpf geworden. Er wollte sie so gerne wieder zum Leuchten bringen, wünschte sich, dass sie ihn wieder anstrahlte, so wie früher. Aber das tat sie nur noch selten. Sie seufzte und räkelte sich kaum merklich unter der Bettdecke. Er strich ihre Decke glatt und betrachtete sie. Er wusste nicht, wie lange er das noch mitmachen könnte. Er spürte, dass seine Kräfte erschöpft waren und er sich nur nach Ruhe sehnte. Doch die Alternative war, seine Frau alleine zu lassen oder zu hoffen, dass sie bald von ihm ging. Das wollte er nicht. Er wollte sie zurückhaben. So wie sie früher war.

Damals.

Vorher.

Leise stand er auf und verließ das Zimmer. Verstohlen wischte er sich mit dem Handrücken über die Augen und schniefte leise, sein buschiger Schnurrbarte zuckte wie ein Dackel auf heißem Asphalt.

Manche Leben scheinen von einem übergeordneten Thema bestimmt zu werden. Egal, was man tat, egal wie man sich entschloss, man konnte sich nie wirklich davon lösen. In Schröders Leben waren es die Monster, die immer wieder kamen und ihm wegnahmen, was er liebte. Deswegen würde er nicht ruhen, bis er sie alle eingefangen und abgeliefert hatte. Egal, was er dafür tun musste.

Er setzte ein breites Grinsen auf, das seine Augen nicht ganz erreichen wollte, und straffte seine Schultern, ging durch den Hausflur zu dem zugigen Eingang der kleinen Garage. Dort warteten seine Männer schon auf ihn. Er spürte ihre Blicke, sie warteten darauf, dass er die Aktion des Nachmittags bewertete. Was sollte er sagen?

Während er überlegte, griff er sich eine Flasche Bier aus einem bereitstehenden Kasten, griff nach einem Buttermesser, das jemand achtlos in das Regal neben der Tür geworfen hatte, und öffnete die Flasche mit dem Griff. Er warf es ebenso achtlos auf den wackeligen Holztisch. Dort würde es bis zu seinem nächsten Einsatz liegen bleiben.

Noch immer grinste er angestrengt.

»Okay haben wir das also auch hinter uns«, Schröder nahm einen Schluck Bier und trat in die Mitte ihrer Zentrale. »Als dieser hässliche VW Bus in der Kurve parkte, hatte ich schon fast Angst, dass es nicht klappen würde! Jungs, dafür, dass Entführungen nicht unser Hauptgeschäft sind und es einige Kompliko, äh Komplä, also einige Schwierigkeiten gab, haben wir das doch ganz ordentlich gemacht.« Er prostete den anderen Monsterjägern zu. Ihm war mehr nach einem Beruhigungsschnaps als nach einem Feierabendbier. Aber der würde noch warten müssen. Eine ganze Weile. Schnaps gab es nur für abgeschlossene Einsätze.

»Ich fand das nicht so einfach«, Jensen saß auf seinem Klappstuhl in der Garage und drückte sich einen Beutel gefrorene Erbsen in den Schritt. Anna hatte ihn wirklich schmerzhaft getroffen. Das war nun schon der zweite Beutel Erbsen, den er platt saß. Hermann grinste und tupfte sich schweigend Jodtinktur auf die Kratzwunden an seinem Unterarm, denn auch er hatte deutliche Spuren von seinem Kampf mit Anna zurückbehalten. Sie hatte gekratzt und gebissen wie eine wilde Katze, als er sie davongetragen hatte. Je weiter er seinen Hemdärmel nach oben schob, desto mehr konnte man sehen, dass seine Arme bereits von tiefen Narben überzogen waren. Kleine, runde Brandmale und wellige Narben tiefer Schnitte. Hermann hatte seine eigenen Gründe, Monster zu jagen. Schröder klopfte ihm auf die Schulter.

»Ich dachte, wir reden nur mit ihr! Wann haben wir beschlossen, sie zu entführen?«, jammerte Jensen weiter. Hermann rollte mit den Augen.

»Jensen, das wird schon! Sie wird es verstehen und uns dankbar sein, dass wir sie vor einer drohenden Gefahr gerettet haben! Jetzt haben wir endlich einen Zugang zu dem Monster und können diesen Fall auch bald abschließen«, Schröder seufzte und fuhr sich mit der freien Hand durch seine strubbeligen Haare. Er wollte nur diesen Fall beenden, bezahlt werden und die gruselige Frau nie wieder sehen.

Trotzdem gefiel es ihm nicht, wozu sie ihn und seine Männer gebracht hatte. Kalle saß auf einem wackeligen Klappstuhl vor einem Metallregal, dessen Inhalt verstaubt und klebrig aussah. Sein Gesicht zuckte, als würde er komplizierte Steuergesetze in seinem Kopf analysieren. Sie brauchten jetzt seine Sicherheit, keinen Zweifel. Sie mussten es jetzt einfach durchziehen und endlich abliefern!

»Wenn wir dem Boss nicht bald Ergebnisse liefern, ist es unser Arsch, der dran ist«, Schröder wischte sich mit der Hand über das Gesicht und drückte sich mit dem Ballen erst auf das linke, dann auf das rechte Auge, bis wieder Sterne aufblitzten. Warum auch immer, es beruhigte ihn. Er hatte immer gewusst, dass dieser Job nicht leicht würde. Aber hatte er nicht eine moralische Verpflichtung, Menschen vor diesen Monstern zu beschützen? Aber er wollte dafür nicht selbst zum Monster werden. Erschöpft fiel er auf seinen Stuhl und starrte auf die Bierflasche in seiner Hand.

»Wenn wir ihr ganz ruhig erklären, dass wir sie beschützen mussten vor dem Monster, wird sie es verstehen. Ich bin ganz sicher, dass sie uns am Schluss dankbar sein wird«, sagte er. Eher zu selbst.

Jensen zuckte nur mit den Schultern. Auch Kalle und Hermann sahen wenig überzeugt aus. Aber jetzt gab es kein Zurück mehr. Oder doch? Bevor er sich diese Frage

beantworten konnte, hörte er Anna, die nebenan gegen die
Tür trommelte.

23   ANNA

Anna war fuchsteufelswild. Man hatte sie in einen kleinen
Raum gesperrt, wahrscheinlich eine ausgeräumte
Besenkammer. Wie Carrie aus dem Stephen King Roman.
Wenn sie hier raus kam, würde sie auch ein Massaker
veranstalten. Mit Feuer und Schweineblut! Mindestens.

Sie hätte Angst haben sollen, dachte sie. Aber die hatte sie
nicht. Noch nicht. Nicht mehr. Ganz egal. Sie war wütend
und spürte eine aggressive Energie in sich, die sie eigentlich
nicht von sich kannte, trommelte und trat gegen die Tür. Sie
war wirklich kein Fan von engen Räumen. Der Gestank von
ätzenden Putzmitteln lag in der Luft und sie bekam
Kopfschmerzen.

Noch vehementer trat und schlug sie die Tür. Solange sie
ihre Wut spürte, hatte ihre Angst keinen Platz. Also hielt sie
an ihrer Wut fest.

»Lasst mich endlich hier raus, ihr Arschnasen!«

Sie hörte Schritte vor der Tür. Kurz hielt sie inne und
drückte ihr Ohr an das Holz. Sie hörte drei Stimmen, drei
Männer standen vor ihrem Gefängnis und unterhielten sich.
Ein Kratzen, vielleicht von einem Riegel. Dann knarzte die

Tür leise und öffnete sich einen Spalt. Der kleine Kerl mit dem Schnauzbart aus dem Park war dort. Hinter ihm standen noch zwei Männer. Alle drei starrten sie fast erwartungsvoll an.

»Beruhige dich, wir tun dir nichts«, sagte der Schnauzbart schließlich.

›Schwachsinn‹ brüllte eine Stimme tief in Anna. Sie klammerte sich weiter an ihre Wut und begann die Männer anzuschreien.

»Fick dich! Und dich und den da hinten auch! Ihr habt mir schon längst was getan! Ihr habt mich hier eingesperrt! Bestimmt nicht, weil ihr nett einen Kaffee trinken wollt, oder? Was wollt ihr von mir?«, Anna bemerkte, wie perplex die Männer waren, und kam dabei selber kurz durcheinander. Was waren das für komische Entführer?

»Ganz langsam, junge Dame.«

»Nenn mich nicht ›junge Dame‹, du alter Sack!«

»Nenn mich nicht ›alter Sack‹!«, der Schnauzbart guckte sie entrüstet an. Doch dann schien er sich darauf zu besinnen, was er eigentlich von ihr wollte. Na, das konnte ja spannend werden. »Wir sind nicht hinter dir her. Deine Mitbewohnerin, also dein Mitbewohner ... was auch immer es ist. Es ist ein gefährliches Monster. Wir wurden beauftragt, es einzufangen. Wahrscheinlich sind wir gerade noch rechtzeitig gekommen, um dich zu retten! Wir haben gesehen, wie es dich bedroht hat. Du bist hier in Sicherheit!«

Anna öffnete den Mund, um etwas zu erwidern. Aber sie wusste nicht was. Also schloss sie den Mund und starrte ihn an. Der kleine Typ mit dem lächerlich großen Schnauzer machte vorsichtig einen Schritt auf sie zu. Er erwartete anscheinend Weinen oder Schreck oder Schock. Aber Anna starrte ihn nur an. Dann begann sie zu lachen. Sie konnte nicht anders, es war zu lächerlich.

»Ein Monster? Seid ihr bekloppt? Kim ist kein Monster. Kim ist nur ein bisschen anders. Und nenn Kim nicht ›es‹, du Penner!« Wo war sie nur hingeraten? Was waren das für Idioten? Verdutzte Gesichter starrten sie an.

»Diese Monster sind perfide und, es fällt schwer, das zu glauben, ich weiß, aber es kann sein Aussehen beliebig ändern.«

»No Shit Sherlock! Das weiß ich seit über einem Jahr. Wie hätte ich mit Kim zusammenleben sollen, ohne das zu bemerken? Was wollt ihr denn jetzt von mir?«

»Wir haben schon andere wie es gejagt und gefangen. Sie sehen aus wie wir, aber sie sind böse und gefährlich. Wirklich Mädchen, wir haben dir wahrscheinlich das Leben gerettet.«

»So ein Schwachsinn. Kim ist nicht böse. Und du sollst Kim nicht ›es‹ nennen!« Sie schaute an den Männern vorbei und atmete tief durch »Kim ist eine Frau, die halt manchmal ein Mann ist. Mach da nicht so ein Drama draus. Und wenn Kim gerade nicht eindeutig männlich oder weiblich ist, benutzen wir halt geschlechtsneutrale Pronomen aus der Trans-Community. Das wäre dann ›xier‹. Aber nicht ›es‹. Kim ist ein Mensch und kein Sofa!«

Anna holte kurz Luft und dachte nur einen Moment darüber nach, wie absurd diese Situation gerade war. War das gerade echt? Passierte das wirklich? Hielt sie ihren Entführern einen Vortrag über Transpronomen? Innerlich zuckte sie nur kurz mit den Schultern. Sie könnte sich da jetzt weiter Gedanken drüber machen, oder es auch einfach sein lassen.

»Kann ich bitte aus diesem Verschlag raus? Ich bin kein Fan von engen Räumen.«

Die drei Männer sahen sich an und zuckten abwechselnd mit den Schultern.

»Also?«, fragte Anna nochmal. Drängender.

»Okay, komm heraus. Wir wollen dich nicht gefangen halten.«

Die drei Männer nahmen sie zwischen sich und führten sie in einen Raum ohne Fenster und Türen, außer der durch die sie hineingingen. Eine Wand wurde von einem großen Laken versteckt. Davor saß der hagere Typ, dem Anna eventuell die Familienplanung ruiniert hatte. Er hatte einen Beutel Tiefkühlerbsen auf dem Schoß. Gut so, das geschah ihm nur recht. Anna hatte noch immer keine Ahnung, wo sie war, und sah keinen Ausweg. Sie seufzte. Wie konnte sie diese Idioten dazu bringen, sie frei zu lassen. Sie schienen wenigstens nicht gefährlich zu sein. Aber man sah es ja Psychopaten angeblich auch nicht an, oder? Hatte sie da nicht mal was im Fernsehen zu gesehen?

»Wo habt ihr mich hingebracht?«, sie hörte ihre Stimme zittern.

»In unsere Zentrale«, antwortete der Schnauzbart. Anna sah sich um.

»Eure Zentrale? Wie bei den Kinderdetektiven auf dem Schrottplatz?«

Verwirrte Gesichter um sie herum, dann ein erkennendes Lachen von dem Erbsenbeutelschmuser, »Haha, ja so ähnlich.« Seine Kollegen warfen ihm böse Blicke zu und Anna versuchte, sich ein Grinsen zu verkneifen. Dann drehte sich der Typ mit Halbglatze zu ihr um. Er war hager und sah aus wie ein Finanzbeamter, irgendwie tot hinter den Augen und unterdrückt bösartig. »Hör ma Medschn, mäh wolln net disch! Hauptsach de Monsta kimmet disch hole und meh könnes schnappe!«

103

»Hä?«, Anna verstand den Kasseläner Platt zwar, aber Sinn ergab es für sie dennoch nicht.

»Ich habe es dir eben schon gesagt. Die Person, mit der du zusammenlebst, ist ein Gestaltwandler«, der Schnurrbart offenbarte das, wie ein riesiges Geheimnis. Anna starrte ihn ungläubig an.

»Und wie ich dir eben schon gesagt habe: ICH WEISS!«, platze es aus ihr heraus, dann begann sie unkontrolliert zu lachen. »Seid ihr vier Vollidioten der Meinung, dass mir das noch nicht aufgefallen ist? Für wie dämlich haltet ihr mich? Was seid ihr eigentlich für Vögel?«

Der Schnurrbart seufzte schwer und Anna konnte ihm ansehen, dass er sich Mühe gab, ruhig zu bleiben. »Wir sind professionelle Monsterjäger und dieses Wesen ist gefährlich. Wir haben schon öfter mit diesen Monstern zu tun gehabt. Du musst uns vertrauen. Vielleicht haben wir dir das Leben gerettet!«

»Bullshit! Nur weil du das dauernd wiederholst, wird es dadurch nicht wahr« Anna konnte nicht glauben, was sie da hörte. »Kim ist nicht gefährlich und kein ›es‹! Kim ist meine beste Freundin und sicherlich kein gefährlicher Mensch. Sie weiß nicht mal, wer sie ist! Ihr Gedächtnis ist weg. Sie erinnert sich an nichts, was vor dem letzten Jahr passiert ist.«

Der Schnurrbart mit Typ dran stockte, »Wirklich an nichts?«

»Nein, ich habe sie vor etwas über einem Jahr im Krankenhaus getroffen. Ich bin Krankenschwester. Sie hatte ein mittelschweres Schädel-Hirn Trauma. Irgendjemand hat sie ins Krankenhaus gebracht und ist einfach abgehauen. Wir sind davon ausgegangen, dass sie ihre Erinnerungen wiederfindet. Irgendwann habe ich dann mitbekommen, dass sie ihre Gestalt verändern kann, und das fand ich ziemlich cool.«

»Habt ihr euch nie gefragt, warum sie das kann? Oder wer sie ins Krankenhaus gebracht hat?«

»Äh, doch natürlich! Mir war schon klar, dass das nicht normal ist. Aber es macht halt Spaß. Und wir haben immer wieder versucht, herauszufinden, wer Kim wirklich ist. Aber das ist gar nicht so einfach. Sie heißt ja nicht mal Kim.«

»Kerle Kiste, Medschn! Do hätt sonste was passiere könne«, der Finanzbeamte klang wie ein enttäuschter Vater, der seine Tochter fürs Klauen von Süßigkeiten tadelte.

Anna stand der Mund offen. Sie schloss ihn. Dann öffnete sie ihn wieder.

»Äh, meinst du, sowas Schreckliches, wie von vier seltsamen Typen entführt zu werden?«

Betretenes Schweigen um sie herum. Die Herren schauten angestrengt an ihr vorbei.

Die Stille war erdrückend, sie alle zuckten zusammen und Schröder entfuhr sogar ein kleiner Schrei, als das schrille Klingeln eines alten Telefons die Stille plötzlich durchschnitt. Es dauerte einen Moment, in dem der Schnauzbart durchatmen musste, bevor er den Hörer abnahm. Anna konnte nicht verstehen, wer am anderen Ende der Leitung war, aber sie konnte sehen, dass die vier Männer sichtbar nervös wurden. Was kam denn jetzt noch. Schröder räusperte sich, nachdem er den Hörer vorsichtig aufgelegt hatte. »Mhm, also da gibt es jemanden, der dich sehen will.« Der große Typ, der nie sprach, zog eine Augenbraue hoch.

»Ja, sie will sie sehen.«

»Sie?«, fragte Anna.

»Ja, wir arbeiten für ... nun ja für jemanden.«

»Wenigstens ist der große Endgegner eine Frau. Wie emanzipiert von euch.«

Zugegeben, er war auf mehr Hürden gestoßen, als er erwartet hatte. Aber war mit ihnen umgegangen, er hatte sie aufgelöst. Denn das war sein Talent. Er löste Probleme. Jetzt war er kurz vor dem Ziel. Das letzte Monster, das noch frei rumlief, war fast eingefangen und dann konnte er sich endlich wieder auf seine eigentlichen Aufgaben konzentrieren. Es wurde ja auch Zeit.

Sie hatten schon immer Monster frei gelassen, um zu testen, wie sie sich wohl in der ›echten Welt‹ benahmen. Das war immer wieder spannend und er liebte es, sie zu beobachten. Aber das hier war so nie geplant gewesen.

Er seufzte und knackte genüsslich mit den Fingergelenken. Nein, so hatte sie das nicht vorgesehen. Das war interessant, sie machte Fehler. Das hatte er anfangs nicht für möglich gehalten. Aber sie unterschätzte Menschen. Sie unterschätzte das Mädchen und sie hatte die Skrupel mancher Mitarbeiter unterschätzt.

Wie hieß es so schön: Wo Menschen arbeiteten, da passierten immer Fehler. Vielleicht hatte er anfangs ihre Übermenschlichkeit überschätzt. Denn es war auf jeden Fall ein Fehler gewesen, diese weinerliche Flitzpiepe einzustellen, die dachte, es wäre eine gute Idee, die ›harmloseren‹ Monster zu befreien. Auch wenn er sich zuvor als Genie in seinem Bereich gezeigt hatte. ›Experimentelle Genetik‹ nannten sie es. Dabei ging es nur darum, ungehemmt die wildesten Kombinationen zusammen zu mixen wie einen dämonischen Nachmittagscocktail auf der Insel von Doktor Moreaus durchgeknalltem Bruder. Doch der Typ war schwach und hatte die Testobjekte befreien wollen. Nicht nur die harmlosen, er hatte ein paar echte Unholde frei gelassen. Nicht kontrolliert, wie sie es früher gemacht hatten, sondern einfach so. Den Gestaltwandler konnte er schwer verletzt verstecken, bevor er bei ihm war. Dann aber hatte er seinen Spaß mit ihm gehabt. Es tat gut, sich mal wieder auszutoben, er hatte so selten Gelegenheit dazu.

Inzwischen waren auch fast alle Monster wieder eingefangen. Bald war diese Episode nur noch eine witzige Anekdote, die man sich über die ›schweren Anfänge‹ der Unternehmung erzählte. Jetzt noch nicht, aber bald. Vorher musste er nur noch allen Beteiligten den Kopf abreißen. Oder abreißen lassen. Manche Dinge sollte man besser delegieren.

25 SCHRÖDER

Noch immer jagten ihm kalte Schauer über den Rücken, nachdem er das Telefonat schon beendet hatte. Er schüttelte sich kurz und ignorierte Annas letzte Bemerkung, »Wir sollen sie zu ihr bringen.«

Hermann zog fragend eine Augenbraue hoch. »Ja, ich weiß, das war nicht Teil des Plans, aber sie möchte den Austausch selber durchführen. Sie findet unsere Idee gut, hat aber die Befürchtung, dass wir das alleine nicht hinbekommen.«

Herman rollte mit den Augen. »Kerle Kiste«, schimpfte Kalle. Schröder konnte nur mit den Schultern zucken. Er wollte Anna nicht zu der Frau bringen, etwas in ihm sperrte sich, aber er sah keine Alternative. Kalle nickte müde, »Ha nu«. Dann führte er zusammen mit Jensen Anna aus dem Raum und zu ihrem Bus. Schröder blieb zurück und fuhr sich mit beiden Händen durch die Haare, dann über das Gesicht. Sanfter Druck auf seine Augen, bis die Sterne auftauchten, seine Kopfschmerzen wurden besser. Der Tag wurde immer furchtbarer. Sie hatten eine junge Frau entführt, die aber offensichtlich keine Angst vor ihnen hatte. Sie hatte aber auch keine Angst vor dem Monster, mit dem sie zusammen wohnte. Er mochte Anna, obwohl sie ihn ›alter Sack‹ genannt hatte. Er hoffte, das würde keine

Probleme geben. Aber wie sie über das Monster sprach, machte ihn unruhig. Irgendwas stimmte doch da nicht. Er hatte noch nie erlebt, dass eines dieser Wesen eine Beziehung zu einem Menschen aufgebaut hatte.

Als er hinter Anna her aus dem Raum gehen wollte, hielt Hermann ihn am Ärmel fest.

»Michael?« Das ungewohnte Geräusch von Hermanns Stimme ließ ihn zusammenzucken, ebenso wie der ungewohnte Gebrauch seines Vornamens, niemand nannte ihn mehr so. Der breitschultrige Mann schaute ihn ernst an. Er schaute zwar immer ernst, aber in diesem Moment fand Schröder ihn besonders eindringlich.

»Ja, was ist denn?«, er wollte hinterher und bloß nicht zu spät kommen und das folgende Gespräch nicht führen.

»Das ist so nicht richtig.«

»Was meinst du?« Schröder wusste, was er meinte.

»Du weißt, was ich meine. Wir haben ein Mädchen entführt! Das ist nicht richtig.«

»Ja, ich weiß«, Schröder seufzte. »Aber das ist doch nur zu ihrem Besten! Wir beschützen sie!«

»Glaubst du das wirklich? Wir haben alle nicht weiter darüber nachgedacht, ob das richtig ist. Aber, Michael überleg mal, wir haben eine unschuldige junge Frau entführt und in deine Garage gesperrt, während deine Frau nebenan liegt.«

»Lass Britta da raus.«

Hermanns Stimme wurde leise und eindringlich, »Entschuldige, aber es geht doch gar nicht um sie. Frag dich mal, was sie dazu sagen würde, wenn sie wüsste, was du hier tust.«

Schröder wollte antworten, aber wusste nicht was. Hermann hatte Recht. Sie hatten sich weit von dem entfernt, was sie eigentlich sein wollten.

»Dir ist auch keine bessere Idee eingefallen, um an den Gestaltwandler ranzukommen.«

Hermann guckte grimmig.

»Guck nicht so grimmig.«

»Hör zu, Michael, ich meine das verdammt ernst. Wir dürfen nicht an den Punkt kommen, an dem wir falsche Dinge, aus richtigen Gründen tun. Wir müssen besser sein. Sonst enden wir wie die Dinger, die wir einfangen wollen. Ich denke schon die ganze Zeit darüber nach, was uns an diesen Punkt gebracht hat. Es ist die ... die Frau. Sie ist so verflucht gruselig und das färbt ab. Aber, was kommt als Nächstes? Was kommt nach einer Entführung?«

»Nichts! Das war eine Ausnahme. Das war vorher nicht nötig und wird auch nie wieder nötig sein.«

111

»Na, wenn du das sagst«, Hermann klang skeptisch. Schröder drückte sich mit Zeigefinger und Daumen an die Nasenwurzel, als könnte er seine aufsteigenden Kopfschmerzen so zurückpressen. Er hatte sich dazu entschieden, nicht darüber nachzudenken, was sie hier gerade taten und er wusste, dass Hermann Recht hatte. Wie war er nur auf die Idee gekommen, einen Vorschlag ernst zu nehmen, der ausgerechnet von Jensen kam!

»Wie sind wir nur auf die Idee gekommen, einen Vorschlag von Jensen anzunehmen? Es gibt einen Grund, warum seine Schuhe Klettverschlüsse haben«, sagte Hermann kopfschüttelnd.

In diesem Moment kam Kalle durch die Tür: »Habters bahle?«

Schröder seufzte. »Wir kommen ja schon.«

26   KIM

Kim lief den langen, schmalen Flur ihrer Wohnung auf und ab. Die Holzdielen knarrten unter ihren Füßen. Wieder schaute sie auf die Uhr. Warum war Anna noch nicht zuhause? Sie müsste doch längst wieder da sein. Ihre Schicht war schon seit zwei Stunden vorbei. Was, wenn ihr was zugestoßen war? Kim konnte nicht anders, als sich verschiedene Horrorszenarien auszumalen, normalerweise war sie an einem Montagmorgen nicht so früh wach, aber sie hatte die ganze Nacht schlecht geschlafen. Als hätte eine innere Alarmglocke sie am Schlafen gehindert. Sie wählte die Telefonnummer des Krankenhauses und ließ sich zu Annas Station durchstellen. Vielleicht machte sie Überstunden? Das war nichts Neues, aber heute hatte Kim ein ganz schlechtes Gefühl und Anna sagte normalerweise Bescheid.

»Nein, Frau Friecke hat ihre Schicht gar nicht angetreten. Wir waren alle etwas verwirrt, das passt nicht zu ihr, aber wir hatten einfach nicht die Zeit, irgendjemanden anzurufen«, die Frau am anderen Ende der Leitung klang genervt und sorgenvoll zugleich.

Kim legte auf, ohne sich zu verabschieden. Ihr Magen fühlte sich an wie mit Blei gefüllt. Wo war Anna? Da klingelte das Telefon in ihrer Hand. Niemand rief je auf dem Festnetztelefon an.

»Anna?«

»Nein.« Die Stimme am anderen Ende war weich, warm und weiblich. Dennoch schauderte es Kim. Die Stimme rief etwas in ihr hervor. Eine Erinnerung. Nein, keine wirkliche Erinnerung, eher eine Ahnung. Eine Angst. Sie spürte, wie ihre Beine weich wurden und sie das Gleichgewicht verlor. Sie landete hart auf dem Fußboden.

»Deine kleine Freundin wartet bei uns. Du kannst sie jederzeit abholen, wenn du möchtest.«

TEIL 4 DIENSTAG FRÜH

Schweigend fuhr Kalle sie durch die noch schlafende
Stadt. Schröder saß auf dem Beifahrersitz und starrte aus
dem Fenster. Er selbst war im ländlichen Umland
aufgewachsen, aber Kalles Familie lebte schon seit
Generationen hier und er war mit Kassel verbunden. Er fuhr
über Routen, die für Schröder keinen Sinn ergaben, sie aber
immer schneller ans Ziel führten als jedes Navigationsgerät.

Die Verbindung zwischen Kalle und der Stadt, von der
selten jemand sagte, er würde sie gut finden, war organisch.
Sie waren wie verschmolzen. Kalle ohne Kassel war
unvorstellbar. Zugezogene und ›Eingeborene‹ verständigten
sich meistens darüber, was ihnen denn jetzt alles nicht gefiel
an der seltsamen Chimäre, die Kassel war. Auch Kalle
motzte immer wieder liebevoll über diese Stadt. Eine Stadt,
die scheinbar unzusammenhängend war, wie von einem
wahnsinnigen Doktor Moreau über Jahrhunderte zu einem
wilden Gebilde zusammengenäht. Lange und langsam
gewachsen, aber heute noch nicht in der Lage, all seine
Facetten harmonisch zu verbinden. Vor 1200 Jahren war
Kassel ein kleiner Königshof an der Fulda gewesen, die
dann wuchs und wuchs und umliegende Dörfer wie neue
Gliedmaßen an sich band oder einfach in sich einsaugte.
Diese neuen Gliedmaßen wollten nie so aussehen, als
gehörten sie wirklich zusammen. Wehlheiden war in seinem

Kern noch immer ein Dörfchen voller Fachwerkbauten und wenn man von der Wilhelmshöher Allee dorthin abbog, war man innerhalb von Minuten in einer vollkommen anderen Umgebung. So hatte Kassel diese Ecken, in denen es nicht eine prunkvolle Stadt voller historischer Gebäude war oder eine moderne Kunstmetropole, sondern eine graue und schmutzige Industriestadt. Dort wo man die Touristen nicht unbedingt hinführte.

Er starrte noch immer aus dem Fenster. Über Kassel nachzudenken, hielt ihn davon ab, über Anna nachzudenken. Sie hatte schon vor einer Weile aufgehört, zu protestieren, und so hatte sich Stille in dem Sprinter ausgebreitet. Hermann war in sein gewohnt stoisches Schweigen verfallen, Kalle steuerte sie konzentriert durch Seitenstraßen, Jensen starrte aus dem kleinen, verschmierten Rückfenster. Die Situation war unwirklich und Schröder spürte, wie Magensäure ihm brennend den Hals hochstieg. Sein Schnurrbart zuckte und eine innere Unruhe krabbelte wie ein Ameisenvolk durch seinen Körper. So unangenehm die Fahrt auch war, als sie auf den Parkplatz vor der Lagerhalle abbogen, in der sie ihre Chefin treffen sollten, wünschte er sich, sie wäre noch nicht zu Ende.

Wieder hämmerte die Frage in seinem Kopf: Tue ich das Richtige? Er wusste, was Hermann dazu sagen würde. Aber es war seine Entscheidung. Er war verantwortlich für sich,

117

für sie, für Anna. Hermanns Blick brannte in seinem Nacken. Er wartete auf eine Entscheidung. Schröder seufzte, straffte die Schultern und öffnete die Beifahrertür. Er spürte Hermanns Enttäuschung. Als er die Schiebetür an der Seite öffnete, blickte er direkt in Annas gerötete Augen. Sie wusste nicht, was sie erwartete, er fühlte ihre Unsicherheit. Das hier war schon jetzt furchteinflößender als die Zentrale der Monsterjäger, in der sie vorher gewesen war. Er hasste es, ihr das anzutun. Aber letztendlich, das sagte er sich immer wieder, war es nur zu ihrem Besten, wenn das gefährliche Unwesen aus ihrem Leben entfernt würde.

Die blaue Tür schloss sich krachend hinter ihnen und für einen Moment standen sie in absoluter, totaler Abwesenheit von Licht, bis wieder, direkt über ihnen, knallend die künstliche Beleuchtung erschien. Dieses Geräusch sollte ihn nicht mehr erschrecken, dennoch zuckte er zusammen. Wieder lagen weite Teile der Lagerhalle, die von außen nicht so groß aussah wie von innen, im Dunkeln.

»Meine Herren, ich bin beeindruckt! Wer hätte gedacht, dass ihr so schnell eine harm- und wehrlose junge Frau einfangen könntet, ohne euch dabei zu verletzen!« Ihre Stimme war schneidend und spöttisch. Wie machte sie es nur, dass man nie sah, wo sie herkam, und warum war ihr Auftritt jedes Mal gleich erschreckend, fragte sich Schröder. Man müsste doch meinen, dass man sich irgendwann an sie gewöhnte. Mit einem Wink ihrer rechten Hand traten vier unnatürlich große und muskulöse Männer aus dem Schatten, ihre Gesichter erschreckend leer und ausdruckslos.

»Wir übernehmen dann von hier.« Sie lächelte kalt.

Schröder konnte sehen, wie sich Angst in Annas Gesicht abzeichnete. Hermann hatte Recht gehabt. Das hier war ein Fehler.

Sein ganzer Körper schrie, aber er war wie gelähmt, die Schuld erdrückte ihn. Wie damals, als er Greta nicht in seinem Bett hatte schlafen lassen. Als er seinen Vater nicht vor seiner Trauer retten konnte. Als er seine Frau nicht vor dem Angriff eines Monsters hatte beschützen können. Er hatte wieder jemanden im Stich gelassen.

»Wo bringen Sie sie hin?«

»Mein Lieber, lassen Sie das doch meine Sorge sein. Der jungen Dame wird bestimmt nichts geschehen. Jedenfalls nicht, wenn das Monster jetzt schnell reagiert.«

Das unkontrollierbare An- und Entspannen ihrer Muskeln
versetzte ihren ganzen Körper in Bewegung. Sie stand
irgendwo in einem verlassenen Industriegebiet am Rande
von Kassel vor einer heruntergekommenen Halle. Eine
kleine blaue Tür schien der einzige Eingang in dieses
Gebäude zu sein. Ein Gebäude, das sich perfekt als Kulisse
für einen fiesen Slasher-Film eignen würde. Jede Sekunde
könnte ein machetenschwingender, grotesk entstellter
Serienkiller aus der Tür springen und laut ›Buh!‹ rufen, es
wäre nicht unbedingt überraschend. Es wäre eher so
vorhersehbar, dass man gähnen, statt schreien müsste. Kim
freute sich darauf, mit Anna über diesen Gedanken zu
lachen. Sie musste einfach daran glauben, dass sie ihre beste
Freundin bald wieder hätte. ›Ich würde keine zwei Wochen
überleben ohne Anna‹, dachte sie und schämte sich sofort
dafür.

Kim hatte sich nicht bewusst dafür entschieden, wie ein
kleines Mädchen auszusehen. Es passierte einfach. Sie hatte
das Gefühl in den letzten Stunden noch weiter geschrumpft
zu sein. Sie sah aus, als wäre sie höchstens 10 Jahre alt.
Natürlich hätte es mehr Sinn ergeben, sich in einen großen,
starken Mann zu wandeln. Aber ihr Körper sah das wohl
anders. Natürlich war ihr klar, dass ihre Fähigkeit mit ihren
Gefühlen verknüpft war, aber das half ihr nicht weiter, wenn

sie trotzdem nicht lernte, wie sie sie besser kontrollieren konnte.

Vorsichtig ging sie auf die Tür zu und zog am Griff, Kim erwartete ein Knarren, Quietschen oder dass die Tür klemmte, aber sie ließ sich überraschend einfach und geschmeidig öffnen. Verdächtig einfach und geschmeidig.

›Ich werde da drinnen bestimmt sterben‹, schoss es ihr durch den Kopf. Die Innenseite der Tür sah zudem ganz anders aus wie die Vorderseite. Sie war aus Edelstahl. Glatt und ohne Beulen. Kim seufzte. Das war die offensichtlichste Falle der Welt und sie musste dennoch hineingehen, wenn sie ihre Freundin retten wollte.

Verfluchter Mist.

Trockene, kalte Luft schlug ihr entgegen und ließ sie husten. Es roch muffig und die Luft war abgestanden. Wieder lief ihr ein kalter Schauer über den Rücken. Sie konnte von der Tür aus nur einen Meter weit in das Dunkel der Halle schauen. Kim nahm ihr Smartphone aus der Tasche und aktivierte den Taschenlampenmodus. Sie leuchtete in die Halle hinein, doch das Licht schien einfach verschluckt zu werden. Vorsichtig richtete sie ihre Lampe auf den Boden, um nicht zu stolpern, und trat ein. Der graue Boden wirkte sandig und knirschte unter ihren Füßen. Ein eiskalter Klumpen Angst formte sich in ihrem Bauch und Sie merkte, dass ihre Hose begann zu rutschen. Sie war wohl noch weiter geschrumpft. Wahrscheinlich sah sie inzwischen aus wie ein Grundschüler.

Ihr Herz zog sich zusammen und explodierte vor Schreck schier in ihrer Brust, als das grelle weiße Licht so unvermittelt aufleuchtete, dass sie das Anspringen der Leuchtmittel fast knallen hörte. Panik schoss durch ihren Körper wie ein Stromschlag, sie spürte ihr Herz im Hals. Blut rauschte in ihren Ohren, wie ein Orkan. Dann hörte sie eine Stimme am Rande des Lichtkegels. Eine warme, weiche Stimme, wie eine Oma, die Märchen vorlas.

»Endlich! Objekt 3482. Es wurde auch Zeit, dass wir uns wiedersehen.«

»Wer bist du? Wo ist Anna? Was soll der ganze Scheiß hier?«

»Deine kleine Freundin ist hier, Objekt 3482. Keine Sorge. Vielleicht lassen wir sie auch heil frei. Das kommt darauf an, wie du dich benimmst!« Sie trat aus dem Schatten ins Licht mit einem Lächeln, das Vulkane einfrieren lassen würde. Die Frau vor ihr sah aus wie die Oma aus einem Bilderbuch. Ein beiger Pullover zu einem braunen Wollkostüm, wollene Strümpfe und flache Schuhe. Sie hatte graue Haare, die sich in großen Wellen um ihren Kopf legten. In jedem Kirchenchor, jeder Handarbeitsgruppe, jedem Landfrauenverein, saß so eine Oma. Nur netter. Diese war gruselig. Diese Bilderbuchoma sah aus, als würde sie aus Spaß die Nachbarskatzen vergiften.

Sie trat einen weiteren Schritt auf Kim zu und lächelte. Obwohl fiel Kim auf den zweiten Blick auf, es lächelte nur ihr Mund, Ihre Augen blieben eiskalt und steinern. Kim fröstelte. Dieser Raum löste Panik in ihr aus. Doch zum ersten Mal seit einem Jahr fühlte sie auch etwas anderes.

Etwas, das sie erfreute und erschreckte.

Sie erkannte diesen Ort wieder.

»Du erinnerst dich wirklich an nichts? Das ist interessant. Ich habe schon so viele Dinge vor, die ich mit dir ausprobieren will«, noch immer lächelte sie dieses kalte Lächeln, das nie ihre Augen erreichte. »Du bist ein wichtiger Teil meiner Forschung, Liebes. Du kannst stolz auf dich sein!«

»Was willst du von mir? Weißt du etwas über mich? Warum musst du Anna entführen, um mit mir zu sprechen?«

»Zu viele Fragen, Kindchen. Ich möchte nicht mit dir reden und deine Fragen interessieren mich nicht. Du bist mein Eigentum und wurdest mir entwendet.«

Kim schluckte, aber ihr Mund war trocken.

»Jetzt schau nicht so. Du bist zuhause, Objekt 3482. Hier wurdest du geboren und hier wirst du bleiben.«

Kim ging einen Schritt zurück. »Nein.«

Mehr konnte sie nicht sagen. Ihr Herz schlug ihr noch immer bis in den Hals.

Die Frau lachte leise. »Doch. Doch, doch. Wenn du fliehst, werde ich deine kleine Freundin von unten bis oben aufschneiden und ihr das eigene schlagende Herz vor die Nase halten«, wieder lachte sie auf, als habe sie einen Witz gemacht, über den man eben aus Höflichkeit lachte. »Ich habe einfach einen Hang zum Drama. Wie klingt das für dich, Objekt 3482? Gefällt dir diese Vorstellung?«

»Nenn mich nicht so. Ich bin ein Mensch. Ich habe einen Namen!«

»Sei nicht albern. Du bist ein Experiment, das etwas aus dem Ruder gelaufen ist. Nicht mehr als eine übergroße Laborratte. Aber, das muss ich zugeben, eine überaus spannende Laborratte.« Sie hatte nichts davon geschrien, oder in einem aggressiven Ton gesagt. Sie war ruhig. Sachlich. Furchterregend.

»Aber in der Wissenschaft gibt es auch bei gescheiterten Experimenten immer Erkenntnisse. Du warst also nicht gänzlich nutzlos. Wer weiß, vielleicht können wir mit dir noch etwas Spannendes anfangen. Oder ich verkaufe deine Überreste einfach an den Meistbietenden. Wir werden sehen. Es ist so schön, Optionen zu haben.«

Wut floss Kims Rückgrat hinab wie heißes Wasser, sie spürte, wie ihr Körper sich veränderte. Sie wuchs, ihre Hände wurden größer, ihre Schultern breiter. Ihr Körper stellte sich auf einen Kampf ein und sie würde sich auf diese alte Frau stürzen und sie in Stücke reißen. Deren Augen wuchsen ebenso wie Kim.

Das Reißen von Stoff hallte durch die leere Halle, als Kim sich von einem zarten, jungen Mädchen in etwas veränderte, das ihr Unterbewusstsein und ihre Gefühle wohl für sinnvoller erachtete. Na endlich. Ihr Gegenüber schien aber nicht lange beeindruckt.

Sie lächelte zufrieden. »Das ist wirklich wunderbar, Kindchen.« Wie auf ein unsichtbares Kommando öffnete sich hinter ihr eine Tür, grelles Licht schnitt eine helle Schneise in das Schwarz des Raumes bis zu dem Lichtkegel, in dem sie standen. Zwei Hünen traten heraus. Sie schleiften etwas zwischen sich und Kim brauchte einen kurzen Moment, um zu erkennen, dass es sich dabei um Anna handelte. Ihre Hände und Füße waren mit Klebeband gefesselt, auch ihr Mund war zugeklebt. Kim stockte der Atem. Tränen schossen ihr in die Augen und sie rannte an der Frau vorbei auf ihre Freundin zu. Die Hünen ließen Anna fallen und gingen, ohne einen Blick auf Kim zu werfen, zur Seite. Kim beugte sich über ihre Freundin und bettete deren Kopf in ihrem Schoß.

»Anna, Püppi! Es tut mir so leid«, sie strich ihr eine blaugrüne Strähne aus dem Gesicht, dann löste sie vorsichtig den Streifen Klebeband. Anna weinte leise und drückte ihren Kopf gegen Kims Hand.

»Kim ... Kim, sei vorsichtig. Die Tussi ist vollkommen durchgeknallt. Sie macht da hinten Dinge. Ich habe gesehen, was sie mit Menschen dort tut. Du musst hier weg!«

»Dafür ist es jetzt leider zu spät!« In einer einzigen fließenden Bewegung zog die alte Frau schnell einen kleinen pistolenähnlichen Gegenstand aus der Tasche ihrer Strickjacke.

Kim hörte nur ein kurzes Summen, spürte sie einen Stich im Arm. Dann wurde die Welt schwarz.

29 Schröder

»So, verräumt das bitte«, geschäftsmäßig drehte sich die alte Dame auf dem Absatz um und nickte zu Schröder hinüber. Er stand noch immer mit seinen Kollegen im hinteren Teil der Halle im Schatten und hatte die Szene beobachtet. Sie hatte darauf bestanden. Warum auch immer. Er wäre an jedem Ort dieser Welt lieber gewesen, als dort im Dunkeln. Vielleicht wollte sie ihn und seine Männer einschüchtern; noch mehr. Das war ihr gelungen. Dennoch, tief in ihm regte sich ein Gedanke: ›Das ist nicht richtig!‹.

Als er sich nicht bewegte, zischte sie ihn an.

»Bringt mein Experiment nach hinten. Ich habe schon genug Zeit verloren!«

Anna tat ihm leid, aber das war nicht alles. Da war noch eine Sache, irgendetwas stimmte nicht. Sie hatte ihn noch nie ›nach hinten‹ gebeten und er wollte da nicht hin, denn er befürchtete, dort nie wieder heraus zu kommen. Auch Kim war nicht, was sie ihm erzählt hatte. Er hatte es vermutet, aber der Moment zwischen Kim und Anna hatte es ihm klar gemacht. Sie war kein Monster, jedenfalls nicht wie die anderen. Sie war nicht aggressiv, nicht blutrünstig. Er erinnerte sich an die anderen Monster, die sie in den letzten Monaten eingefangen hatten. Einige davon waren furcherregend – aber nicht alle. Ein bitterer Geschmack stieg in seiner Kehle auf. Das Mädchen lag immer noch gefesselt neben ihrer Freundin und weinte in den staubigen Boden. Er konnte sich nicht bewegen und betrachtete die Szene fassungslos, Jensen war der Erste, der aus ihrer Gruppe ausbrach und sich neben Anna auf den Boden kniete. Vorsichtig löste er das Klebeband um ihre Hand- und Fußgelenke. Sie benutzte die neugewonnene Bewegungsfreiheit, um Kim in die Arme zu nehmen. Dann zerschnitt die scharfe Stimme der Frau die Stille:

»Los, bring dieses Ding nach hinten.«

Plötzlich wurde Schröder klar, was ihn so beunruhigte. In seinem Kopf griffen Gedanken ineinander, wie Puzzleteile.

»Was meinen Sie damit ›Sie war ein Experiment‹? Sagten Sie nicht, diese Monster wären schon immer auf der Welt?«, fragte er.

»Was soll das denn jetzt?«, sie versuchte, ihn mit der Hand zu verscheuchen, wie eine Fliege. Aber dieses Mal nicht, schwor er sich.

»Was ist mit den anderen, die wir für Sie eingesammelt haben. Waren das auch ihre Experimente? Haben Sie diese Monster erschaffen?« Kurz blitzte das Gesicht seiner kleinen Schwester vor seinen Augen auf. »Wie lange geht das schon?«.

Sie blickte ihn an. Eine bunte Mischung aus Irritation, Unglaube und Zorn war darin zu sehen. Sie schien sich nicht sicher zu sein, ob sie amüsiert oder wütend war. Das glaubte er jedenfalls in ihrem Gesicht zu lesen. Dann lächelte sie plötzlich wieder.

»Mein lieber Herr Schröder, ich habe leider wirklich keine Zeit für sowas. Ich ertrage dich und deinen Haufen schon viel zu lange. Zum Glück habe ich euch nicht mehr nötig. Ihr seid entlassen. Ihr bekommt euren Lohn und dann will ich eure Gesichter nie wieder sehen.«

Sie drehte sich einfach um und ging auf den Schatten zu. Einem kurzen Wink ihrer Hand folgten zwei große Männer mit versteinerten Gesichtern. Sie drückten Schröder einen Koffer in die Hand, hoben Kim vom Boden neben der zitternden Anna auf und trugen sie hinaus.

Die schwere Tür fiel krachend ins Schloss. Dann waren sie allein. Anna sank in sich zusammen und begann unkontrolliert zu weinen. Er stand da und fühlte sich vollkommen hilflos, so bewegungsunfähig, wie damals, als man Greta auf dem Dorfplatz fand.

›Das ist meine Schuld‹, hämmerte es in seinem Kopf. Er spürte, wie Kalle und Hermann ihn ansahen, darauf warteten, dass er etwas sagte, aber er stand nur da. Jensen hockte noch immer neben Anna auf dem Boden und legte ihr seine Hand auf den Rücken. Es herrschte absolute Stille in der alten Lagerhalle. Nur Annas Schluchzen war zu hören. »Nich weinen. Es wird alles gut«, flüsterte Jensen. Anna schien jetzt erst zu bemerken, dass sie da waren, und schlug wütend seine Hand von ihrem Rücken.

»Fass mich nicht an, du Vollidiot! Wie kann man nur so herzlos und dämlich sein.«

Schröder sah Jensen dabei zu, wie er Anna aufhalf, die ihn wieder wegstieß und aus der Halle stürzte. »Ihr habt meine beste Freundin an diese Psychopathin verraten. Was passiert jetzt mit ihr? Aua, pass doch auf du Vollidiot!«

Jensen hielt mit einem entschuldigenden Lächeln ein Stück Klebeband in die Luft, das er etwas unsanft von Annas Knöchel gerissen hatte. Schröder fuhr sich mit beiden Händen durch seine kurzen Haare, er versuchte, die streitenden Stimmen in seinem Kopf zu beruhigen.

»Wir wollten dich beschützen. Wir haben einige dieser – « er machte eine kurze Pause, »dieser Wesen aufgespürt. Sie waren gefährlich. Wirklich«, das letzte Wort sagte er mit Nachdruck. Dieser riesige Typ, der eine junge Frau ins Gebüsch gezerrt hatte, um dort wer weiß was mit ihr anzustellen, das waren alles Monster, die er mit seinen Männern eingefangen hatte. Er hatte Menschen gerettet. Da war er sich sicher. Immer. Bis jetzt.

Anna weinte noch immer.

In diesem Moment hörten sie ein Rumoren im hinteren Teil der Lagerhalle, ein tiefes Donnern, das den Boden vibrieren ließ, als starteten riesige Maschinen.

»Wir sollten als Erstes hier raus. Dann fahren wir dich nachhause«, Schröder half Anna auf die Beine. Ihr Handgelenk war noch immer klebrig, Staubreste vom Boden der Halle hingen daran, aber Schröder unterdrückte den Impuls, ihn abzuwischen. Kalle drückte die Tür für sie auf und gemeinsam traten sie in die Sonne, die in den letzten Stunden grell und harsch geworden war. Jedenfalls kam es ihm so vor. Er öffnete die Beifahrertür und hielt sie für Anna auf, während Jensen und Hermann in den hinteren Teil des Busses kletterten. Kalle ging zur Fahrerseite.

»Ich fahre mit euch Freaks nirgendwo hin!«, Annas Stimme zitterte.

»Mädchen, ich bitte dich, lass uns dich einfach nachhause fahren. Glaub mir, es ist besser so. Wer weiß, was noch passiert wäre.«

Ja, wer wusste das schon? Er war sich nicht mehr sicher und vor allem, störte ihn, was er eben dort gehört hatte. Sie hatte gesagt, das Monster war ihr Experiment. Sie hatte ihnen nie viele Infos gegeben, aber sie hatten sich ihren Teil gedacht und sie einfach nicht weiter gefragt. Das war ein Fehler, dachte er.

»Schröder?« Kalle legte den Kopf schief. Er zupfte nervös an seinem grauen Overall herum. Man sah seinem Gesicht an, dass er innerlich Qualen litt. Als hätte er aus Versehen ein Formular falsch ausgefüllt. Sie spürten doch alle, dass hier etwas schrecklich schief gelaufen war. Schröder stand noch immer neben der offenen Beifahrertür und starrte Anna an.

»Bist Du dir sicher, dass das Mo ... also deine Freundin nie jemandem etwas getan hat?«, fragte er noch einmal. Er kannte ihre Antwort, aber er musste es von ihr hören.

»Natürlich bin ich sicher«, Anna schien alle Kraft verlassen zu haben. Sie sah aus, wie eine Luftmatratze, aus der leise alle Luft durch ein unentdecktes Loch entwich, fand Schröder. Er kraulte sich seinen riesigen Schnurrbart, während seine Gedanken in alle Richtungen gleichzeitig rasten. Aber in einer Sache war er sich sicher, hier war etwas gehörig falsch gelaufen.

»Meine kleine Schwester wurde von einem dieser Monster getötet. Das ist jetzt fast 30 Jahre her. Vor drei Jahren hat mich unsere Auftraggeberin kontaktiert, keine Ahnung, wie sie uns gefunden hat, und wir fangen seither für sie diese Monster ein. Ich habe noch nie daran gezweifelt, dass daran etwas falsch sein könnte.«

»Diese Hexe hat euch angelogen. Kim hat niemandem etwas getan.«

»Hexe!«, rief Hermann und sie alle zuckten zusammen. Nicht nur wegen der unerwarteten Lautstärke, sondern auch wegen des ungewohnten Klang von Hermanns Stimme. »Ja! Die Hexe! Die kann uns helfen. Guter Gedanke

Hermann!« Schröder schlug ihm so stark auf den Rücken, dass es Hermann fast umgeworfen hätte. »Wir fahren zur Hexe und dem Wahrsager. Die können uns helfen dieses Schlamassel aufzulösen.«

»Oh nein, die sind so gruselig«, wimmerte Jensen. Anna hatte aufgehört, zu weinen, und starrte die Männer verwirrt an.

»Wir kennen jemanden, der uns helfen kann herauszufinden, was hier wirklich los ist und deine Freundin zu retten, wenn sie tatsächlich harmlos sein sollte. Sie können uns auch aufklären, ob wir mit unserem Gefühl falschliegen.« Anna war noch immer skeptisch. Jensen legte ihr wieder seine Hand auf den Rücken und sah sie mit seinen wassergrauen Augen an. Er war wie ein extrem dummer Hund, dachte sich Anna. Sie alle schienen nicht die hellsten Kerzen auf der Geburtstagstorte zu sein. Aber was hatte sie noch zu verlieren?

»Das sind Geschäftspartner von uns. Sie habe uns immer wieder geholfen. Na ja, nicht so oft«, grummelte Schröder, als wäre es ihm peinlich, sich helfen zu lassen. »Es sind externe Dienstleister, dessen Angebote wir hin und wieder in Anspruch nehmen«, erklärte er.

Jensen machte wieder eine einladende Geste in Richtung der offenen Bustür, um Anna zur Mitfahrt zu bewegen, aber sie blieb wie angewurzelt stehen. Dann nahm sie ihre

Schlüssel so in die Hand, dass die scharf gezackten Bärte zwischen ihren Fingern herausschauten.

TEIL 5 DIENSTAG MITTAG

Seitdem sie 15 war, nahm sie ihre Schlüssel so in die Hand, wenn sie sich unsicher fühlte. Das Gefühl des harten Metalls zwischen ihren Fingern beruhigte sie, damit könnte sie sich wehren, einen Angreifer wirklich verletzen. Das hatte sie schon oft, wenn sie sich nachts kein Taxi mehr leisten konnte und allein im Dunkeln durch die Stadt lief, beruhigt, ihr Sicherheit gegeben.

Bis jetzt.

Sie fühlte sich so unsicher wie zuvor.

Sie sah Schröder direkt an, hob die Hand nur leicht, damit er die Schlüssel darin bemerkte. Und sie konnte sehen, dass er sie sah. Er hob die Hände, um sie zu beruhigen oder abzuwehren. »Hör zu, wir wissen, dass du uns nicht vertraust, und damit hast du wahrscheinlich Recht. Hier ist eine Adresse. Fahr da hin. Ohne uns. Die Leute dort werden dir helfen.« Er streckte ihr eine Visitenkarte entgegen, die Anna vorsichtig an sich nahm. Sie war knallpink mit Glitzerrand und in quietschgrünen Lettern stand darauf ›Madame Destiny – professionelles Zukunftsauswahlconsulting‹.

Er druckste kurz herum, rieb sich mit den Handballen über die Stirn, »Die Leute da sind etwas ... nun ja, seltsam vielleicht. Aber sie sind Experten in ihrem Gebiet.«

Anna zog ihre Augenbraue hoch und betrachtete die kleine Karte in ihrer Hand. Sie wollte nachhause und sich ihre Bettdecke über den Kopf ziehen. Sie wollte zwei Liter Schnaps und Schokoladeneis. Sie wollte ihre Freundin zurück.

Sie drehte das dicke Papier in ihrer Hand hin und her. Umso länger sie diese betrachtete, desto mehr breitete sich ein Gedanke in ihrem Kopf aus.

»Das hier«, seufzte sie schließlich, »ist mit Abstand die hässlichste Visitenkarte, die ich je gesehen habe.«

Natürlich stieg sie nicht zu den vier Idioten ins Auto. Sie wanderte durch die leeren Straßen des Industriegebietes, bis sie zu einer Hauptstraße kam, dort standen ein paar Taxis und sie stieg in das vorderste ein. Sie wollte nachhause. Auf ihre Couch.

Die Fahrt durch die Stadt fühlte sich anders an als sonst. Annas Magen schien mit wütenden Wespen gefüllt. Sie umklammerte den Griff der Beifahrertür und ertappte sich dabei, bei jeder Ampel aus dem Auto springen zu wollen. Aber sie blieb steif sitzen, bis sie endlich ankamen. Sie hatte den Taxifahrer zwei Straßenecken vor ihrem Zuhause anhalten lassen, und lief nervös nachhause. Alle zwei Schritte drehte sie sich um.

Vor ihrer Wohnungstür begann sie plötzlich zu zittern. Warum auch immer. Jetzt, wo die Gefahr vorüber war, begann sie zu zittern. Das war doch albern. Trotzig holte sie tief Luft, schob den Schlüssel in das Schloss und stieß die Tür auf. Der Flur war dunkel, etwas fühlte sich seltsam an. Sie tastete nach dem Lichtschalter neben der Tür und schlich hinein. Sie durchsuchte die ganze Wohnung. Sie war leer; aber sie fühlte sich nicht so an. Sie fühlte sich an, als wäre sie belagert, heimgesucht, unsicher.

Ich bin einfach zu müde und kann nicht mehr klar denken. Ich muss erstmal schlafen, dann melde ich mich bei dieser komischen Frau.

Anna legte sich in ihr Bett und zog sich ihre veilchenfarbene Tagesdecke bis unters Kinn. Sie wollte nur etwas schlafen. Sie war so müde. Aber der Schlaf kam nicht. Jedes Mal, wenn sie endlich wegdriften wollte, riss sie etwas (jemand?) wieder heraus. Schließlich nahm sie ihr Handy und machte sich über einen Streaming-Dienst ein Hörspiel an, das sie schon in ihrer Kindheit verlässlich in einen tiefen Schlaf begleitet hatte – Bibi Blocksberg, die kleine Hexe.

›Hexen sind etwas Wundervolles‹, dachte sie beim Einschlafen und ohne sich dessen bewusst zu sein, war in diesem Moment klar, dass sie die Frau, die zu der hässlichen Visitenkarte gehörte, besuchen würde.

Zwei unruhige und wenig erholsame Stunden später saß sie in ihrem Auto und fuhr raus aus Kassel. Sie benutzte ihr Auto nie und stellte es normalerweise immer am kostenlosen

Park&Ride Parkplatz am Auestadion ab. Dort war sie schnell aus Kassel raus und es gab eine Haltestelle, von der aus sie mit der Straßenbahn Linie 5 direkt bis vor ihre Haustür fahren konnte. Man brauchte in der Stadt kein Auto und gerade an der Frankfurter Straße waren Parkplätze so häufig wie Goldvorkommen in der Fulda. Also ließ sie ihr Auto dort stehen. Zuerst hatte sie Angst, dass die Batterie vielleicht schon den Geist aufgegeben hatte, aber ihr Auto sprang ohne Probleme an. Fast hatte sie gehofft, dass ihr Auto sie im Stich ließ, dann hätte sie ohne schlechtes Gewissen wieder ins Bett gehen können.

Während sie über die Autobahn fuhr, erinnerte sie sich wieder daran, dass sie Autofahren hasste. Es war langweilig und ließ sie heute mit ihren Gedanken allein. Mit ihren düsteren Gedanken. Kim war bei dieser durchgeknallten Oma, sie musste sie da raus holen.

Ihre Navigationsapp führte sie von der Autobahn kurz hinter Baunatal runter und dann über kleine Landstraßen, in eine Gegend, die sie noch nie gesehen hatte. Sie vermied es, aufs Land zu fahren, wenn es nicht unbedingt notwendig war. Die Straße unter ihr wurde immer unebener und holpriger, bis sie an einen Waldweg kam. Unmöglich, hier weiter zu fahren, dachte sie. Sie parkte am Rand, stieg aus und versuchte irgendetwas, in der Umgebung zu entdecken, an dem sie sich orientieren konnte.

Ich finde hier ohne Navi nie wieder raus, war ihr Gedanke.

Kim würde sie jetzt darauf hinweisen, dass sie sich auch regelmäßig in mittelgroßen Einkaufszentren verlief und daher sowieso keine Chance hatte zu überleben. Anna musste ein Lachen unterdrücken, während sich eine Träne in ihr Auge schob. Sie wischte sich über die Augen und sah sich um. Das Navi schickte sie nun einen kleinen Schotterweg entlang und zeigte ihr Ziel nur wenige Meter entfernt, aber sie hatte vom Auto aus kein Haus gesehen. Hier schien einfach nichts zu sein. Auch die Straße endete einfach vor ihr in einer Wiese.

»Wo zur Hölle haben die mich hingeschickt?«, fragte sich Anna laut. Der Klang einer Stimme in dieser gespenstischen Stille beruhigte sie. Auch wenn es nur ihre eigene Stimme war. Als sie zwei Schritte den Waldweg entlang gegangen war, tauchte plötzlich vor ihr ein kleines Fachwerkhäuschen am Waldrand auf. Es war, wie aus dem Nebel plötzlich vor ihr erschienen.

»Das ist überhaupt nicht seltsam«, sagte sie sich leise und schritt den Waldweg entlang auf das Häuschen zu. »Das ist vollkommen normal und gar nicht seltsam.«

Es sah alt und verlassen aus. Doch umso näher sie an das Haus herankam, umso mehr änderte sich sein Erscheinungsbild. Sie entdeckte rosa Spitzengardinen in den Fenstern, kleine Blumentöpfe und glitzernde Windspiele in den schiefen Bäumen neben dem Haus.

»Gar nicht seltsam«, sagte Anna sich wieder. Sie blieb auf dem Weg stehen, ein Kloß in ihrem Magen hinderte sie daran, weiterzugehen. »Das ist alles gar nicht seltsam.« Anna sah wie sich einer der Vorhänge bewegte. Da stand jemand hinter dem Fenster und beobachtete sie.

Sie seufzte nochmal und ging weiter auf das Häuschen zu »Das ist alles ganz normal.« Der Weg schien endlos lang zu sein. Schließlich erreichte sie den kleinen Kiesplatz vor dem Haus. Tief holte sie Luft. Was tat sie nur hier? Das war doch Wahnsinn. Während sie noch überlegte, ob sie nicht umdrehen und weglaufen sollte, öffnete sich die Tür. Eine alte Frau stand im Türrahmen. Unauffällig, klein und zart, mit einem strengen Dutt, der ihre schwarz-grauen Haare zurückhielt. Ihr Gesicht war von Falten durchzogen, aber ihre Augen leuchteten warm und liebevoll. Sie sah aus wie die Matriarchin in ihrem italienischen Lieblingsrestaurant.

»Komm rein, Anna. Wir haben dich schon erwartet«, sie lächelte Anna an.

»Woher kennen Sie meinen Namen?«, fragte Anna unsicher.

»Das erklären wir dir gleich. Meine Freunde und ich wollen wir dir helfen.«

»Okay, na klar, kein Problem. Alles total normal.«

»Du wohnst seit einem Jahr mit einem Gestaltwandler zusammen. Ich glaube, ›normal‹ hast du da schon hinter dir gelassen, oder?«

Anna zögerte kurz, zuckte dann mit den Achseln und folgte der alten Frau in das kleine Fachwerkhäuschen. Nachdem sich Anna an das schummerige Licht im Inneren des Hauses gewöhnt hatte, schaute sie sich erstaunt um. Der Innenraum war unerwartet groß und freundlich. Ein heller Fußboden aus Holzdielen und weiß verputzte Wände waren das Letzte, was Anna erwartet hatte. Sie hatte eher mit einer dunklen Höhle gerechnet. Sie konnte sich auch nicht erklären, wo das Tageslicht herkam, denn durch die kleinen Fenster neben der Haustür strahlte es nicht herein. Eine blau gestrichene Holztreppe führte in ein oberes Stockwerk. Ein warmes, nettes und gemütliches Haus. Wären da nicht die antiken Runen an der Decke gewesen. Sie wirkten seltsam deplatziert.

»Hallo Anna, schön, dass du hier bist. Mein Name ist Aurora. Komm, hier entlang«, die alte Dame führte Anna in einen großzügigen Raum, der rechts von der Eingangshalle abging und dessen Tür mit einem Perlenvorhang verhangen war. Dahinter standen einige große kirschrote Ohrensessel um einen Tisch aus hellem Holz. Auf der zerkratzten und mit Wachs betropften Tischplatte flackerten kleine Lichtflecken, von einem kristallenen Windspiel, das im

Fenster hing. Hinter den Sesseln standen drei weitere Personen, die Anna anlächelten. Ein riesiger Wandschrank von einem Mann mit Glatze und so dunkler Haut, dass er das Sonnenlicht einzusaugen schien wie ein schwarzes Loch; eine kleine und drahtige Frau mit Augenklappe in Ledermontur und eine strahlende Erscheinung, die Anna sofort als Drag Queen erkannte. Sie trug eine pechschwarze Perücke und war auf ihren High Heels fast so groß wie der Hüne neben ihr.

»Äh, hallo?« Anna schaute sich verunsichert um. Das war sicherlich nicht die Gruppe von Menschen, die sie erwartet hatte. Das hier sieht eher aus, wie der Auftakt einer guten Party und nicht wie die Kavallerie, die sie brauchte, um Kim zu retten, dachte Anna.

»Hallo Anna. Komm zu uns. Wir werden dich schon nicht fressen. Wir sind hier, um dir zu helfen«, die Drag Queen lächelte sie strahlend an und der Hüne rückte, einer unausgesprochenen Bitte folgend, einen der Sessel zurück, damit Anna sich setzen konnte.

›Warum nur immer ich?‹, die Frage hämmerte in ihrem Kopf, während sie noch immer strahlend lächelte. Madame Destiny, die eigentlich Hans Peter hieß und ein schlacksiger, blonder Mann war, konnte das ganze Potenzial ihrer hellseherischen Kräfte nur ausschöpfen, wenn sie in Drag war. Warum auch immer. Hans Peter hatte seine Ziehmutter, die Hexe, mal gefragt, woran das wohl lag.

»Woher soll ich das denn wissen?«, hatte sie ihn angeschnauzt und ihn dann Kessel schrubben lassen. Er war jetzt über 25 Jahre bei ihr und auf ihre liebenswert ruppige Art hatte die Hexe ihrem kleinen Jungen ein warmes und geschütztes Zuhause gegeben. Sie liebte ihn bedingungslos, mit oder ohne Perücke. Das wusste Hans Peter ganz genau. Sie hatte ihn aus der Hölle gerettet, zusammen mit Asrael, dem großen, dunklen Hünen. Eigentlich war Asrael ein Dämon, den Hans Peter schon kannte, seitdem er ein kleiner Junge war. Damals lebte Asrael als Monster unter seinem Bett, denn die Hölle hatte ihn geschickt, um auf ihn aufzupassen. Hans Peter, oder eben ›Madame Destiny‹ war ein ganz besonderer Mensch. Er hatte prophetische Kräfte, war aber nicht an den Himmel gebunden, wie andere Propheten. Deshalb behielten Himmel und Hölle ihn gleichermaßen im Auge, aber sie erahnten damals noch nicht, was er tatsächlich konnte. Erst Hannah erkannte, was

144

er wirklich war. Er erinnerte sich noch gut daran, wie er jeden Abend mit Asrael, oder ›Hörni‹, wie er ihn nannte, auf dem Bett gesessen hatte. Und an Sarah erinnerte er sich. Sein übereifriger Schutzengel. Aber das war eine andere Geschichte[1].

Er hätte es zwar nicht für möglich gehalten, aus ganz vielen guten Gründen, aber Hörni und er verliebten sich sofort ineinander. Und nun war vor einiger Zeit (Wobei »Zeit« in diesem Kontext ein schwieriges Konzept war, denn es hatte einen zeitlichen Neustart gegeben, nachdem sie daran beteiligt gewesen waren, den Untergang der Welt zu verhindern. Aber auch das ist eine andere Geschichte[2]) war auch Aurora in ihre kleine Wohngemeinschaft gezogen. Auch wenn seine Ziehmutter nie darüber sprach, schwebten die Damen offensichtlich auf Wolke sieben miteinander. Aber die Hexe achtete darauf, nie zu zärtlich mit Aurora zu sein, wenn Hans Peter dabei war. Warum auch immer. Vielleicht dachte sie, es könnte ihn schockieren.

Ihn.

Die fast 2 Meter große Drag Queen, die mit einem Dämon in Menschengestalt in einer homosexuellen Beziehung zusammenlebte. Nun ja. Mütter.

---

[1] Nachzulesen in »Die Apokalypse ist nicht das Ende der Welt«
[2] Ebenfalls nachzulesen in »Die Apokalypse ist nicht das Ende der Welt«

Er straffte seine Schultern und setzte sich der jungen Frau mit den regenbogenfarbenen Haaren gegenüber. Seine Mutter Hannah und Asrael nahmen rechts und links von ihr Platz, Aurora verschwand in die Küche. Madame Destiny atmete tief durch, sie würde der jungen Frau, die ihr gegenübersaß, helfen. Ganz ohne Zweifel. Aber Hannah hatte sie bereits gewarnt. Es würde hart werden. Anna lächelte sie schüchtern an, sie war verzweifelt und verweint. Die Reste ihrer großzügig aufgetragenen Mascara waren über ihre Wangen geschmiert und sie hatte rote Flecken im Gesicht. Sie musste ihr helfen, ihre Freundin zu retten. Und dann musste sie ihr wasserfeste Wimperntusche empfehlen.

Liebevoll lächelnd setzte sich Madame Destiny ihr gegenüber. Anna spürte, wie die Angst der letzten Tage von ihr abfiel. Die Ausstrahlung der Drag Queen, mit dem beeindruckend präzisen Lidstrich, war einfach so beruhigend.

Sie wollte ihr alles erzählen, sich an ihrer Schulter ausweinen, mit ihr gemeinsam alle fiesen alten Frauen dieser Welt in den Arsch treten und dann von ihr lernen, wie man sich so einen Lidstrich zog!

»Also, wir haben schon eine ungefähre Vorstellung von dem, was passiert ist. Und von dem, was passieren wird«, Madame Destiny nahm Annas Hand zwischen ihre perfekt manikürten Hände. »Aber uns fehlen noch ein paar Puzzlestücke. Kannst du uns weiterhelfen?«

»Ich werde tun, was ich kann. Aber ich befürchte, ich kann nicht allzu viel«, Anna spürte, wie ihr wieder Tränen in die Augen schossen. Sie war einfach nicht der richtige Typ für sowas. Wenn man eine Party organisieren, Omis mit gebrochener Hüfte aufmuntern oder einen Tequila-Trink-Wettbewerb gewinnen musste, dann war sie die richtige. Aber sie konnte doch niemanden aus den Klauen eines Horrorfilm-Bösewichts retten. In diesem

Moment kam Aurora aus der Küche, mit einer dampfenden Tasse Tee und einem Teller voller Kekse.

»Jetzt lass das Mädchen erstmal zu Kräften kommen. Das arme, kleine Ding.« Sie kniff Anna mit so viel Liebe in die Wange, dass sie vor Schmerz das Gesicht verzog. Madame Destiny zuckte entschuldigend mit den Achseln. Doch Anna war sehr glücklich über die Ablenkung.

»Ich weiß gar nicht so viel«, Anna rieb sich ihre schmerzende Wange. Die Kekse sahen lecker aus.

»Du weißt, dass du seit über einem Jahr mit einem Gestaltwandler zusammenlebst, oder?«

»Äh, was?«

In diesem Moment schob sich die kleine, drahtige Frau mit der Augenklappe an den Tisch. Ihre Stimme war harsch und rau.

»Wenn sie das nicht wüsste, wäre sie so blöd, dass wir mit ihr sowieso nichts anfangen könnten!«

»Ey!«, protestierte Anna. Die alte Frau hatte zwar Recht, aber trotzdem! Doch ihr Einwand wurde mit einer flinken Handbewegung weggewischt.

»Wir kennen die vier Typen, die die Monster eingesammelt haben. Wir haben zwischenzeitlich zusammengearbeitet. Leider nicht die hellsten Kerzen auf dem Leuchter. Aber wir sind nicht sicher, für wen sie arbeiten. Das könnte nämlich alles verändern. Du hast aber den Mann im Hintergrund heute gesehen, oder? «

In ihrer Stimme lag etwas Drängendes. Sie hatte es eilig, eine Antwort zu bekommen, und eigentlich hätte Anna es auch eilig haben sollen, ihre Freundin zu retten. Sie fühlte sich schrecklich, dass sie es eben noch so genossen hatte sicher zu sein, während Kim werweißwas angetan wurde. Sie seufzte und wischte sich eine Träne aus dem Auge. Was war sie nur für eine beschissene Freundin.

»Es ist kein Mann, für den sie arbeiten«, sagte sie leise »Es ist eine Frau. Ziemlich alt. Sieht mindestens wie 60 aus. Oder jünger, aber sie kleidet sich wie eine Oma. Ganz beige und sie roch schrecklich nach ...«

»Mottenkugeln, Staub und Kölnisch Wasser?«

»Ja! Ihr wisst also doch, wer sie ist?«

»Wir hatten eine Vermutung. Aber wir haben gehofft, falschzuliegen.«

Madame Destiny und Hannah tauschten einen schnellen, besorgten Blick, der Anna aber nicht entging.

»Die vier Männer schienen wirklich Angst vor ihr zu haben.«

»Das war eine unerwartet weise Entscheidung. Sie haben Glück, dass sie überlebt haben. Und du auch.«

149

»Aber«, die dunkle Stimme des Hünen kam unerwartet und Anna zuckte zusammen »das erklärt tatsächlich deine Visionen, Hannah. Du hattest Recht, es kommt etwas Großes. Wenn Deborah wieder da ist und mit ihren Experimenten weitermacht, dann haben wir ein Problem!«

»Sie sagte zu Kim ›Du bist nur ein missglücktes Experiment‹, oder so. Das hat aber auch den Typ mit dem Schnurrbart ganz nervös gemacht.«

»Ja, das sollte ihn auch nervös machen«, knurrte die Hexe grimmig.

33   DIE HEXE

Hannah schluckte. Ihre Schwester war wieder zurück aus ihrem Versteck. Sie hatte es seit ihrer ersten Vision befürchtet. Auch wenn sie so sehr gehofft hatte, falschzuliegen. Visionen waren tückisch und je nach Tagesform konnten sie schon mal etwas wirr und missverständlich sein. Sie kratze sich an ihrer Augenklappe. Immer wenn sie an ihre Schwester dachte, juckte es darunter. Schließlich hatte sie ihr diese Narbe zu verdanken. Der Hass zwischen ihr und ihrer Schwester war fast so alt wie sie selbst. Ohne sich im Klaren darüber zu sein warum, stand sie ruckartig vom Tisch auf und marschierte aus dem Raum.

»Mach dir keine Gedanken, erzähl uns lieber ...«, hörte sie ihren kleinen Jungen noch sagen. Dann stand sie in der Küche. In der Küche, in der Deborah ihre Mutter umgebracht hatte. Sie spürte, wie ihre Beine begannen zu zittern.

»Ich bin hier!« Auroras Stimme hinter ihr, ihre Hand auf ihrem Rücken, ihre Stirn auf ihrer Schulter.

Sie lehnte sich leicht gegen sie und Hannah spürte die Wärme, die Aurora ausstrahlte. Hannah wusste, dass die nächsten Tage nicht leicht werden würden, vielleicht würden sie sogar tödlich. Nein, sie würden sicherlich tödlich. Die Frage war nur, für wen?

151

Vor vielen Jahren

»Ich bin viel zu nüchtern dafür«, mit einem tiefen Seufzer ging Hannah in Richtung der großen blauen Holztür. Ohne es zu wollen, verlangsamte sie ihre Schritte stetig, bis sie fast stehen blieb. Was sie hinter dieser Tür erwartete, hatte ihr schon seit Wochen Albträume bereitet.

Sie hatte Dämonen bekämpft, die Hölle betreten und Vampire zu den anonymen Blutsaugern begleitet, ohne mit der Wimper zu zucken. Aber das alles schien ihr wie ein Klacks, im Gegensatz zu dem, was hier auf sie wartete. Sie wusste, dass eine nicht unwesentliche Chance bestand, dass sie nicht unversehrt aus diesem Abenteuer herauskommen würde.

Aber es blieb ihr keine andere Wahl. Sie musste dort hineingehen.

Zum Abendessen mit ihrer Mutter.

Ihre Mutter allein war nicht so gruselig. Anstrengend war sie und löste teilweise das Bedürfnis in ihr aus, mit dem Kopf vor eine Wand zu schlagen, aber so waren Mütter eben. Nein, heute musste sie echtem Schrecken ins Auge sehen. Ihrer kleinen Schwester. Sie war eine Ausgeburt der Hölle, eine Inkarnation des Bösen, Luzifer selber sah neben ihr aus, wie der niedliche Märchenonkel – und das waren noch die netten Dinge, die man so über sie sagen konnte.

Hannah holte nochmal tief Luft und seufzte. Dann hob sie ihre Hand, um zu klopfen. Bevor ihre Fingerknöchel die Tür berührten, wurde diese schon schwungvoll aufgerissen.

»Na ich dachte, du drückst dich noch zehn Jahre vor der Tür herum, bevor du dich traust hereinzukommen. Schön, dass du da bist!« Mit schraubstockartigen Händen umfasste die große Frau im Türrahmen Hannahs Schultern und zog sie an sich. Es dauerte einen Moment, bis sie wieder Luft holen konnte.

»Hallo Mama«, Hannah küsste ihre Mutter liebevoll auf die Wange und wand sich dann aus der anakondastarken Umarmung. Ihre Mutter Persephone mochte schon viele Jahrhunderte alt sein, so genau wusste Hannah das nicht, aber sie war voller Leben und Leidenschaft. Persephone trug ein kaftanähnliches Gewand, das dunkelrot, orange und gelb strahlte. Ihre Ohrringe fielen ihr klimpernd bis auf die Schulter und ihre grauen Locken standen wild in alle Richtungen ab. Um ihren Hals hingen unschätzbare Zauberamulette und wertlose Glasperlen durcheinander und manchmal war Hannah sich nicht sicher, ob ihre Mutter noch wusste, welche nun was waren. Persephone war von ihrer Mutter nach der griechischen Göttin des Frühlings und der Unterwelt benannt worden. Weil sie dies noch immer für die

153

perfekteste aller Kombinationen hielt, und weil, wie ihre Großmutter Hannah immer erzählt hatte, die echte griechische Persephone eine wirklich nette Frau gewesen war. Sie waren zusammen in einem Häkelclub gewesen, bis Persephone (also die echte, griechische) sich mit ihrem Mann Hades in den Ruhestand zurückgezogen hatte, in einem kleinen, netten Häuschen am Styx. Jedenfalls hatte Hannahs Oma Kassandra ihr das so erzählt.

Persephone drückte ihre älteste Tochter noch immer liebevoll an sich.

»Du kannst mich jetzt loslassen!«

»Noch ein bisschen, meine kleine Moorhexe. Ich habe dich so lange nicht mehr gesehen.«

»Ich habe dich auch vermisst, Mama.«

»Warum ganz in Schwarz, trägst du Trauer?«, Persephone schob ihre Tochter von sich und betrachtete sie kritisch. Dabei ließ sie ihre Hände auf ihren Schultern. Wahrscheinlich, damit sie nicht fliehen konnte.

Hannah unterdrückte einen Seufzer. Es waren nicht mal 30 Sekunden vergangen, und schon kritisierte ihre Mutter sie schon wieder.

»Nein Mama, ich mag Schwarz einfach.«

»Das kann ich aus deiner Perspektive schon nachvollziehen. Macht ja auch schlank.«

Bevor Hannah ihrer Mutter etwas Passendes antworten konnte, hörte sie eine Stimme aus dem dunklen Eingang hinter ihrer Mutter.

»Hallo. Schwester.«

Hannah rollte mit den Augen. Es ging ja schon gut los.

»Findest du es nicht etwas melodramatisch mich ›Schwester‹ zu nennen, Deborah?«

»Findest du es nicht etwas melodramatisch, mit mir zu reden, ohne mich anzusehen, Hannah?«

»Weißt Du überhaupt was ›melodramatisch‹ bedeutet?«

Persephone klatschte so laut in die Hände, dass Hannah zusammenzuckte. Es bedeutete: »Seid nett zueinander oder ich ziehe euch die Haut ab und mache mir neue Schuhe daraus, da sind wir uns hoffentlich einig. Und jetzt vertragt euch«, sie machte einen Schritt zur Seite und schob Hannah vor sich in das kleine Häuschen am Waldrand hinein.

Angestrengt lächelnd ging Hannah einen Schritt auf ihre Schwester zu, die mal wieder aussah, wie der feuchte Traum einer Biedermeier-Kommode. Ein beigefarbenes Twinset aus Wolle zu einem wadenlangen Tweedrock in baby-erbricht-Spinat-grün und blickdichter Strumpfhose.

»Wow, meine Liebe« presste Hannah zwischen zusammengebissenen Zähnen hervor, »du hast es geschafft dich nochmal 300 Jahre älter zu machen.«

Das Lächeln ihrer Schwester war kalt, der Ellenbogen ihrer Mutter, der sie zwischen den Rippen traf, war spitz, hart und schmerzhaft.

»Es kann ja nicht jeder tagtäglich wie eine Lederdomina durch die Gegend laufen«, antwortete Deborah mit einem Blick auf Hannahs Ensemble aus dunkler Jeans, schweren Stiefeln und einer Lederweste über einem schwarzen Shirt. Darüber trug sie eine weite Lederjacke, die hauptsächlich dazu da war, ihr Pistolenholster zu verstecken.

»Es reicht jetzt. Ich möchte einen harmonischen Abend erleben.«

Zwei Stunden oder zwei Leben später, Hannah war sich da nie so ganz sicher, stand sie im Garten hinter dem kleinen Haus und rauchte heimlich einen Joint. Diese Form der Beruhigung brauchte sie dringend, und einen Zauberspruch hätte ihre Mutter sofort bemerkt. Aber ohne Drogen hielt sie einen Besuch hier nicht mehr aus. Was war nur passiert? Früher hatte sie dieses Haus geliebt, heute bekam sie vor jedem Besuch Stresspickel. Sie kam nur noch her, um ihre Mutter zu sehen. Persephone war eine wunderbare Frau, auch wenn sie teilweise ziemlich anstrengend war. Wahrscheinlich traf das aber auf alle Mütter zu. Persephone war liebevoll, herzlich und unglaublich talentiert. Eine der mächtigsten Hexen, die Hannah kannte, und sie konnte immer zu ihr kommen, um sie um Rat zu fragen. Sie wünschte sich sehr, dass sie eines Tages auch mit ihrer Schwester wieder so eine Beziehung haben könnte. Deborah hatte sich in den letzten 150 Jahren auf eine erschreckende Art und Weise verändert. Ihre Schwester war früher ihre beste Freundin gewesen. Zwei kleine Hexen, die miteinander schon als Kinder Scheiterhaufen auspusteten. Aber irgendetwas war mit ihrer Schwester passiert. Oder mit ihr selber. Nun musste sie sich zurückhalten, um ihr keine Gewalt anzutun. Sie wusste, dass auch ihre Mutter sich Sorgen machte, ansonsten würde sie nicht darauf bestehen, diese Abendessen regelmäßig abzuhalten.

Das heutige Abendessen war anstrengender als die zuvor. Da war Hannah sich sicher. Etwas lag in der Luft. Als wäre sie in einen Streit zwischen ihrer Mutter und Deborah gekracht, den sie vor ihr nicht weiterführen wollten.

Während sie noch einmal hastig an ihrem Joint zog, hörte sie aus dem Inneren des Hauses Schreie. Wütende Schreie ihrer Mutter und gezischte Antworten ihrer Schwester. Sie kamen aus der Küche, deren Essbereich direkt an den Garten grenzte. Die Tür war nur angelehnt und sie konnte die Stimmen ihrer Schwester und Mutter deutlich hören.

»Wie kannst du nur so etwas tun? Dafür habe ich dir deine Kräfte nicht geschenkt!«

»Du hast mir gar nichts geschenkt, das habe ich mir alles selber hart erarbeitet. Jetzt werde ich es einsetzen, wie ich es für richtig halte!«

»Du undankbares Gör. Was du tust, ist eine Schande.«

»Ich wusste, ich hätte dir nichts erzählen sollen.«

»Nein, hättest du nicht, denn ich kann nicht zulassen, dass du weiterhin tust, was du tust!«

»Was soll das denn heißen? Willst du mich etwa aufhalten? Versuch es doch, alte Frau!« Der Ton ihrer Schwester klang spöttisch. So hatte sie Deborah noch nie gehört. Sie sollte dringend dazwischen gehen.

Sie ging einen Schritt auf die Tür zu. Sie war nur wenige Zentimeter von ihr entfernt, da presste eine machtvolle Druckwelle sie nach hinten und sie schlug hart auf dem Boden. Scharfe, spitze Holzsplitter aus dem zerberstenden Türrahmen prasselten auf sie ein. Qualm drang aus der Küche durch das schwarze Loch, das einmal die Tür zum Garten gewesen war. Ohne zu zögern, rappelte Hannah sich auf und rannte auf das Loch zu. Sie spürte die Splitter, die in ihrem Körper steckten nicht, als sie versuchte, sich durch den beißenden Qualm einen Überblick zu verschaffen. Dichter, schwarzer Rauch brannte in ihrer Lunge wie Wasabi im Auge und der alte Holztisch neben der Tür war nur noch ein kleines Häuflein Asche. Davor lag ihre Mutter. Leblos. Ein großer, schwarzer Fleck prangte auf dem Gewand, das eben noch in gelb, orange und rot gestrahlt hatte. Der gelbe Stoff um den schwarzen Fleck herum färbte sich langsam dunkel. Hannah starrte fassungslos auf sie herab. Eine gefühlt endlos lange Zeit war sie wie gelähmt. Dann ließ sie sich neben ihr fallen und versuchte mit aller Macht einen Heilzauber, den ihre Mutter ihr einst beigebracht hatte.

»Mach dir keine Mühe. Das wird nicht funktionieren.« Die Stimme ihrer Schwester drang aus dem Nebel und der Dunkelheit auf der gegenüberliegenden Seite der Küche.

»Was ist passiert? Was hast du nur getan?« Hannah war fassungslos, wie hatte die Situation nur so schnell eskalieren können? Noch immer erwartete sie, dass ihre Mutter gleich die Augen aufschlagen würde.

»Weißt du Hannah, es kommt im Leben jeder Frau der Moment, an dem sie sich von ihrer Mutter emanzipieren muss.«

»Aber doch nicht, indem man sie in die Luft jagt!«

»Na ja, Familien sind eben unterschiedlich.«

»Was ist bei dir eigentlich schief gelaufen? Du hast unsere Mutter getötet!«

»Das ist richtig. Aber, ich sollte dazu sagen, dass sie mir keine andere Wahl gelassen hat!«

Vor Hannahs Augen erschien ein Blitz aus weiß-glühender Wut. Sie verlor jede Übersicht und stürzte sich aus der Hocke auf ihre Schwester. Deborah schien es erwartet zu haben, denn ein scharfer Schmerz in ihrem Gesicht setzte Hannah sofort außer Gefecht. Sie fiel zu Boden.

»Ach Schwester, das war doch nicht nötig« Deborahs Stimme klang fast amüsiert. »So, was hast du jetzt davon? Keine Mutter und ein Auge weniger. So ein Pech!«, sie schnalzte mit der Zunge, wie eine unzufriedene Kindergärtnerin - eine bösartige, kinderfolternde Kindergärtnerin.

»Was ist hier passiert? Was tust du?« Hannah keuchte. Der Schmerz in ihrem Kopf nahm ihr den Atem und noch immer lag der leblose Körper ihrer Mutter auf dem Boden neben ihr. Ein Gedanke zuckte durch ihren Kopf ›Warum war Mutter so wütend?‹

»Mach dir dein Köpfchen nicht noch kaputter, Hannah. Mutter war mit meiner neuen Karriere nicht einverstanden, überhaupt nicht einverstanden. Die Diskussion ist leider etwas entgleist.«

Deborah strich ihrer Schwester über die Wange. Hannah konnte das Blut sehen, das noch an ihren Fingern klebte. Sie zitterte. Der Schmerz in ihrem Kopf machte sie fast wahnsinnig. Ihre Schwester stand auf, zog ihren Tweedrock zurecht und schritt langsam hinaus.

160

»So meine Liebe, ich würde ja ›Auf Wiedersehen‹ sagen, aber das wäre gelogen. Stirb gut, ist passender. Und mach schnell.«

Deborah schritt langsam aus der Küche und lachte leise. Schwer atmend lag Hannah auf dem kalten Fußboden und kämpfte gegen die Panik, die sich in ihrem Körper ausbreitete.

›Bleib ruhig, Hannah! Erinnere dich an das, was du kannst!‹, die Stimme in ihrem Kopf klang wie die ihrer Mutter. Sie holte tief Luft und benutze den ersten Heilzauber, der ihr einfiel. Der Schmerz ließ langsam nach und sie konnte endlich durchatmen. Doch sie spürte, dass er nur zum Teil wirkte. Der Zauber ihrer Schwester war zu stark.

Auch wenn dieser Abend schon viele Jahrzehnte zurücklag, das Bild ihrer toten Mutter war für immer in ihr Gedächtnis eingebrannt. Insgeheim hatte Hannah die leise Hoffnung gehabt, ihre Schwester wäre von einem ihrer ominösen Geschäftspartner in einer tiefen Grube verscharrt worden. Warum war sie jetzt wieder hier? Was hatte sie vor? Hannah wusste zwar immer, dass sie irgendwo da draußen war, aber sie zu ignorieren gab ihr wenigstens etwas Sicherheit. Ein kalter Schauer überlief sie. Sie hatte sich in dem Haus ihrer Mutter versteckt, es an einen anderen Ort versetzt und mit Schutzzaubern belegt. Das hatte sie viele Jahrzehnte vor ihrer Schwester verborgen. Hannah fragte sich, ob sie nicht einen schrecklichen Fehler begangen hatte, ihre Schwester so lange nicht zu suchen. Sie spürte eine warme Hand auf ihrer anderen Schulter und zuckte sofort zusammen. Der Gedanke an ihre Schwester ließ sie frösteln. Aber es war nur Hans. Ihr kleiner Junge. Der gar nicht mehr so klein war. Er war drei Köpfe größer als sie. Doch er würde immer ihr kleiner Junge bleiben. Sie hatte nie gedacht, dass sie jemanden so lieben würde, wie diesen kleinen Jungen. Jetzt stand er neben Aurora. Sie beide standen hinter ihr. Sprichwörtlich und tatsächlich. Wer hätte gedacht, dass sie sogar zwei Menschen auf der Welt haben durfte, die sie liebte und von denen sie wiedergeliebt wurde. Hatte sie so viel Glück überhaupt verdient? Sie lächelte ihn an und legte ihre Hand auf seine. Seine Nähe tat ihr gut. Er gab ihr Kraft. Die konnten sie jetzt alle gebrauchen, denn was auch immer Deborah vorhatte, es war nichts Gutes.

Sie hatte ihre Mutter deswegen umgebracht. Hannah hatte jahrelang versucht, herauszufinden, was ihre Schwester tat und jeder neue Hinweis hatte sie tiefer an einen Abgrund geführt, in den sie niemals hinabschauen wollte. Bis zu dem Moment, an dem sie sich entschieden hatte, ihrer Schwester nie wieder unter die Augen zu treten. Um sich zu schützen. Und ihren kleinen Jungen.

Sie streckte den Rücken durch und schüttelte die Hände auf ihren Schultern ab: »So, können wir jetzt weitermachen?«, sie fragte fast genervt. Als hätten die beiden nicht sie beruhigt, sondern andersrum. Aurora lächelte sanft und nickte. Hannah räusperte sich und zog ihren kleinen Jungen hinter sich her, zurück an den Tisch, an dem Anna und Asrael noch immer saßen und auf sie warteten.

»So, also ... wo waren wir?«

»Was ist denn der Deal mit deiner Schwester? Hast du eine Ahnung, was sie mit Kim vorhaben könnte?« Annas Stimme war noch immer dünn.

»Nein, ich bin mir nicht sicher. Aber es wird nichts Gutes sein, was sie im Schilde führt. Sie hat früher schon seltsame Experimente durchgeführt. Sie ist magisch nicht so begabt wie meine Mutter. Wir beide kamen nie an ihre Macht ran. Deborah hat früher versucht, durch Dämonenbeschwörung mehr Macht zu erlangen. Vielleicht experimentiert sie noch immer in diese Richtung. Sie hat irgendwoher Unmengen Geld organisiert. Damit und mit ihrer Skrupellosigkeit, kann sie alles Mögliche erreichen.«

Sie rückte ihre Augenklappe zurecht. Immer wenn sie an ihre kleine Schwester dachte, juckte es darunter. Sie hätte es wissen müssen. Ihre Schwester würde nicht einfach verschwinden.

Sie versank in dem kirschroten Sessel, mit dem duftenden Tee in der Hand. Erst so langsam konnte die Anspannung der letzten Stunden von ihr abfallen. Von ihrem Schläfchen war sie auch panisch hochgeschreckt. Sie war danach nicht entspannter, aber wenigstens nicht mehr so müde. In den letzten zwei Tagen hatte man sie auf dem Weg zur Arbeit entführt; man hatte sie in einer Abstellkammer eingesperrt; danach war sie in einem dunklen Lagerhaus von einer Psychopathin und ihren Handlangern als Köder eingesetzt worden und hatte mitansehen müssen, wie ihre beste Freundin von dieser Psychopathin weggebracht wurde; und nun saß sie hier mit einer Hexe, einem Dämon und einem Wahrsager in Drag. Sie sollte eigentlich ein totales Wrack sein. Aber alles in allem schien es ihr damit besser zu gehen, als es sollte. Was sagte das denn über ihren Charakter oder Geisteszustand aus? Vielleicht war sie noch weniger normal, als sie sowieso schon angenommen hatte. Aber wie sollte es jetzt weitergehen?

»Also, wie soll es jetzt weitergehen?« Madame Destiny schaute ihre Mutter fragend an. »Ich kann ein paar Dinge und Möglichkeiten sehen, aber nicht, was Deborah dort in diesen Lagerhallen tut. Das ist vollkommen verborgen.«

»Diese Schlange weiß eben ganz genau, wie sie sich verstecken kann. Aber es hilft alles nichts. Wir müssen in dieses Lagerhaus und verhindern, was auch immer sie vorhat.«

Alle Anwesenden nickten schweigend.

»Aber wir sollten genauer wissen, was sie tut, damit wir wissen, worauf wir uns einlassen. Wir dürfen bei meiner Schwester nichts dem Zufall überlassen.«

»Wir müssen die vier Monsterjäger einladen. Vielleicht wissen sie mehr, als ihnen klar ist.«

»Ich gehe davon aus, dass meine Schwester sie getötet hätte, wenn sie etwas wüssten. Aber vielleicht können wir mit einem Trank verborgene Erinnerungen bei ihnen hervorlocken.«

»Ich kümmere ich darum und um einen starken Schutzzauber!« Madame Destiny wandte sich an Asrael. »Kannst du mir ein paar Sachen besorgen?«

»Ja, mein Herz?«

»Ich brauche Hühnerblut, getrocknete Frösche, Friedhofserde und eine Flasche Wodka!«

»Der Wodka ist für dich, oder?«

»Ja.«

»Ich bringe dir Eiswürfel mit.«

35   HANS PETER/MADAME DESTINY

Er hatte es schon immer geliebt, in Drag zu sein. Seine leibliche Mutter hatte zwar nicht verstanden, was in ihm vorging, aber sie hatte ihn bedingungslos geliebt. Bis zu ihrem Tod, als eine Horde Dämonen ihn entführten und sie in Stücke rissen. Sie hatte getan, was sie konnte, um ihren Sohn zu retten. So geliebt zu werden blieb für immer. Wie ein unsichtbarer Stempel auf der Seele. Es machte jeden Tag etwas heller, und er schickte dem Geist seiner Mutter regelmäßig Liebe dafür ins Jenseits. Nachdem die Hexe ihn bei sich aufgenommen hatte, hatte sie schnell erkannt, was und wer er war. Ein Orakel, kein Prophet, wie Himmel und Hölle zunächst angenommen hatten. Kinder, die Propheten werden konnten, waren auf beiden Seiten begehrt. Aber ein Orakel hatte man schon seit Jahrtausenden nicht mehr gesehen. Propheten bekamen himmlische Eingebungen, ohne diese wirklich beeinflussen zu können. Orakel konnten die Dinge, die ihnen gezeigt wurden, verhindern. Sie hatten mehr Macht als Propheten, mehr Einblick und, im besten Falle, auch mehr Wissen. Es war natürlich kein Zufall, dass er bei Hannah gelandet war. Denn schon über ihre Großmutter hatte es Geschichten gegeben. Sie war ein verfluchtes Orakel. Eine Hellseherin, der keiner glaubte. Nicht nur sie, sondern auch all ihre Nachfahren sollten verflucht sein. Hans Peter hoffte, dass das nicht auch für Pflegekinder galt.

Als Madame Destiny fand er sich nicht nur bildschön und stark, sondern konnte auch das volle Potenzial seiner Kräfte ausschöpfen. Doch immer öfter verspürte er eine langsam wachsende Abneigung dagegen, das Make-up aufzulegen und seine Perücken zu bürsten. Es passierte einfach zu viel beschissener Mist, wenn er in Drag war. Auch wenn ein Teil des Mistes inzwischen durch himmlische Kräfte ungeschehen gemacht worden war (aber das ist eine andere Geschichte), er erinnerte sich immer wieder daran. Wie an einen Traum. Es tauchten Bilder in seinem Kopf auf, die verschwanden, wenn er versuchte sie festzuhalten. Gedankenverloren rührte Hans Peter in einem großen Topf auf dem schwarzen Gasherd in der Küche und betrachtete dabei gedankenverloren seine rot lackierten Fingernägel. Er hatte eine Macke im Lack seines Zeigefingernagels.

»Geht es dir gut, mein Herz?« Asrael trat hinter ihn und legte seinen riesigen Arm um ihn. Manchmal war er sich nicht sicher, ob sein Liebster nicht Gedanken lesen konnte, denn er hatte diese Umarmung gerade wirklich nötig.

»Ich habe das Gefühl, wir kommen nie zur Ruhe«, Hans Peter schmiegte seinen Rücken an Asraels muskulöse Brust.

»Damit könntest du Recht haben«, Asrael drückte ihn noch enger an sich und küsste ihn sanft auf die Wange. »Wird es denn was?«

»Ich hoffe doch! Wenn die vier Monsterjäger endlich hier sind, sollten wir weiterkommen.«

Er wünschte sich nichts sehnlicher, als einfach seine Zeit mit Asrael genießen zu können. Einen Sonntag im Bett liegen bleiben, kein Stress, keine Verpflichtungen, kein drohender Weltuntergang. Nur eine Tasse Kaffee, sein Liebster neben sich und vielleicht noch einer seiner hervorragenden Muffins. Hans Peter war müde.

Asrael küsste ihn auf die Schläfe und drückte ihn noch fester »Wir schaffen das zusammen, mein Herz. Und dann gehen wir in den Ruhestand. Du und ich. Irgendwohin wo uns keiner stört.«

Anna trat in die Küche, flankiert von Aurora und der Hexe. Die kleine Italienerin redete auf sie ein.

»Hast du Hunger, Kind?«, fragte sie Anna.

»Nein, wirklich nicht. Genauso wenig wie vor fünf Minuten.«

»Aber du musst doch was essen. Du brauchst deine Kraft.«

»Um Himmels Willen, Aurora, jetzt lass die Kleine doch. Die muss nichts mehr Essen. Guck dir mal die Kötze an«, die Hexe knuffte Anna in ihr rundes Bäuchlein.

»Ey!« Anna war entrüstet. Doch noch bevor sie etwas sagen konnte, gab Aurora der Hexe einen Schlag auf die Hand, mit der sie Anna geknufft hatte.

»Jetzt hau das arme Mädchen nicht. Sie hat es schwer genug, auch ohne dass sie sich wegen dir schlecht fühlt.«

Die Hexe nahm Auroras Hand in ihre, führte sie zu ihrem Mund und küsste sie sanft.

»Pass bloß auf, du machst mich noch zu einem besseren Menschen und dann langweilst du dich nur noch mit mir!«, Aurora kicherte. Anna stand zwischen den beiden alten Frauen und war sichtlich verwirrt. Dann zuckte sie mit den Schultern und kam hinüber zum Herd. Hans Peter lächelte, in manchen Situationen war es tatsächlich leichter, sich dazu zu entscheiden, einfach nicht mehr verwirrt zu sein.

»Äh also, was wird das denn und wie kann es uns helfen?«, fragte sie ihn.

»Also, wir werden gleich zwei Sachen versuchen. Zum Einen gibt es einen Erinnerungstrank für die vier Spezialisten und ich habe noch einen besonderen Cocktail nur für dich gemacht! Damit kannst du Menschen, die dir nahestehen, erspüren. Er verstärkt deine emphatischen Fähigkeiten.«

»Wow. Na ein Glück, dass ich keine Freunde habe außer Kim.«

Hans Peter sah, wie ihr die Tränen in die Augen schossen und sie diese verschämt wegwischte. »Wir finden sie schon, Anna.«

»Die Frage ist nur, in welchen Zustand wir sie finden! Wer weiß, was deine Tante mit ihr vorhat!«

»Ich bin adoptiert. Deborah habe ich noch nie gesehen.«

Hans Peter grinste Anna schief an und füllte etwas Flüssigkeit aus einem dunklen Topf in eine zierliche Tasse, die er Anna an den Esstisch brachte. Hanna beobachtete die beiden und begann ihr Lieblingsmesser zu polieren. Das tat sie immer, wenn sie nervös war. Den Trank hatte sie noch von ihrer Mutter gelernt und an ihn weitergeben, aber noch nie eingesetzt. Hans Peter war gespannt, wie er wohl funktionierte.

»Hier Kleines. Trink das. Dann solltest du Kim finden können.«

»Okay. Wie? Zeige ich sie dir dann auf einer Karte? Habe ich ein Navigationsgerät in meinem Kopf? Oder rieche ich sie, wie ein Hund?«

»Weniger fragen, mehr trinken!«

»Okay, okay«

Anna führte die Tasse vorsichtig an den Mund. »Das riecht aber nicht lecker.«

»Soll es auch nicht. Das ist keine heiße Schokolade. Das ist ein Zaubertrank. Meine Mutter ist eine Hexe, keine Köchin.«

»Ey!«, machte Hannah ihrer Entrüstung Luft.

»Natürlich ist sie das. Klar. Ganz normal. Nichts Ungewöhnliches daran. Deine Mutti ist eine Hexe, dein Lover ist ein Dämon und ich sitze hier, um meine Freundin mit einem Zaubertrank zu finden. Alles cool.«

»Genau. Alles keine große Sache. Jetzt trink.«

Anna führte die Tasse zu ihrem Mund. Dann stellte sie sie wieder ab.

»Aber auf was muss ich mich einstellen? Tut es weh?«

»Das findest du raus, wenn du endlich trinkst!«

Anna schnupperte an der Tasse und verzog wieder das Gesicht. Dann holte sie tief Luft, kniff die Augen zu, führte die Tasse zum Mund und stellte sie wieder ab.

»Du tust gerade so, als wäre es keine große Sache, dass wir nicht nur Kim retten müssen, sondern deine Tante auch noch ein Comicbuchbösewicht im Tweedrock ist. Das ist doch nicht normal. Wie kannst du nur so sein?«

»Anna,« Hans Peter strich sich eine Strähne seiner schwarzen Perücke aus dem Gesicht, holte tief Luft und strengte sich sichtlich an, Anna nicht zu packen und zu schütteln, »das ist nicht mein erstes Rodeo. Ich habe schon wirklich verrückten Scheiß durch. Als ich sechs war, habe ich gesehen wie ein paar Dämonen meine leibliche Mutter getötet haben und wurde in die Hölle entführt. Mein Lebensgefährte war damals das Monster unter meinem Bett und hat mich, gemeinsam mit meinem Schutzengel und Hannah befreit. Letztes Jahr habe ich mit den vier apokalyptischen Reiterinnen und einem Propheten den Weltuntergang verhindert. Danach gab es ein himmlisches Rückspulen und zehn Monate Weltgeschichte wurden einfach neugestartet. Findest du das auch ›nicht normal‹?«

»Äh, ja. Das ist«, es entstand eine Pause, denn Anna hatte keine Ahnung, was sie sagen sollte, »nicht normal.«

»Also, kein Stress. Been there, done that. Nicht – mein – erstes – Rodeo!«

»Das ist alles so verrückt.«Er sah, wie sich wieder Tränen in Annas Augen sammelten, »Ich bin für so eine Scheiße nicht gemacht. Ich will einfach mein Leben und meine geistige Gesundheit zurück!«

»Das kann ich leider beides nicht garantieren. Und jetzt trink endlich. Das Zeug schmeckt nicht besser, wenn es kalt ist.«

Hannah grinste. Ihr kleiner Junge machte sie immer wieder aufs Neue stolz. Anna verzog das Gesicht und nippte an der Tasse. Dann entspannte sich ihr Gesicht.

»Nicht so schlimm wie gedacht.« Sie seufzte erleichtert und trank die Tasse aus. Dann begann sie zu husten und zu würgen.

»Wäh. War es doch!«

»Alles drin behalten! Gutes Mädchen, und jetzt: Was spürst du?«

Anna holte tief Luft und schloss die Augen.

»Mir ist schlecht!«

»Spürst du vielleicht noch etwas anderes?«

»Ich bin müde.«

»Okay, das ist auch nicht sonderlich hilfreich. Probiere es weiter. Tief einatmen und an Kim denken. Und wenn du jetzt sagst, du spürst, dass du Pipi musst, dann werde ich dich schlagen. Mit der flachen Hand, ins Gesicht.«

»Okay, okay. Ich probiere es.«

»Das wäre nett.«

Es dauerte eine gefühlte Ewigkeit, bis Anna endlich wieder sprach. Wer hätte gedacht, dass sie mal auf ihr Geschnatter warten würde.

»Kim hat Angst, sie ist im Dunkeln und ... sie ist nicht mehr Kim. Also nicht ganz. Ich kann es nicht erklären, es fühlt sich an, als würde sie selbst vergessen, wer sie ist.«

Ein Klopfen an der Tür verhinderte, dass sich jemand ausmalen konnte, was Deborah gerade alles mit Kim anstellen mochte. Die Hexe nickte grimmig, ging zur Tür und führte die vier Monsterjäger in die große Küche. Als Schröder Anna erblickte, nickte er ihr kurz zu. Sein buschiger Schnauzer zuckte wie ein sterbender Chinchilla. Hans Peter musste seine empathischen Fähigkeiten nicht einsetzen, um seine Nervosität zu spüren. Hannah lehnte sich an den Küchentresen und funkelte die Monsterjäger aus ihrem Auge böse an. Hans Peter musste sich ein Grinsen verkneifen, als er die vier Männer dabei beobachtete, wie ihnen immer mulmiger zu Mute wurde.

»So, ihr vier Vollidioten. Wir müssen alles wissen, was ihr in den letzten Jahren für Deborah getrieben habt. Alles. Und damit wir uns sicher sein können, dass ihr Schwachmaten nichts vergessen habt, bekommt ihr einen Erinnerungstrank.«

Schröder hob den rechten Zeigefinger, wie ein Schuljunge, Hannah funkelte ihn an.

Hans Peter grinste. Seine Mutter konnte schon furchteinflößend sein.

»Was?«

»Also, liebe Frau ... äh, Hexe. So einfach geht das nicht. Auch wenn wir nicht mehr mit unserer ehemaligen Auftraggeberin in einem Geschäftsverhältnis stehen, können wir ja nicht einfach Interna ausplaudern. Wir haben da auch unsere äh ... Intertität.«

»Integrität«, verbesserte ihn Kalle.

»Was auch immer.«

»Eure ›Intertität‹ ist keinen feuchten Dreck wert. Ihr habt meiner Schwester geholfen, ihre fiesen Pläne durchzuziehen. Ich weiß noch nicht welche, aber ich finde es heraus.«

»Aber, wir ham doch nur Monster gesammelt«, nuschelte Jensen. Der große Typ, der so unglaublich dünn war, dass man ihn wahrscheinlich wie ein Bügelbrett einfach zusammenfalten konnte.

»Habt ihr euch mal gefragt, wo diese Monster herkommen?«

»Kim war kein Monster«, Anna stand in einer Ecke der Küche, bis eben fast unbemerkt. Ihre Stimme zitterte wieder.

»Das mag sein, aber wir haben auch andere gesehen«, Schröder bemühte sich, darum ruhig zu klingen. Anna tat ihm offensichtlich leid. Das sprach ja schon mal für diesen Haufen.

»Erzählt uns genau, was ihr alles gesehen habt!«

Schweigend folgten Anna und die Monsterjäger Hannah und Aurora in das Wohnzimmer und setzten sich in die kirschroten Ohrensessel, von denen immer genau so viele am Tisch standen, wie sie in diesem Moment brauchten. Hach ja. Hexen.

Hans Peter blieb am Herd zurück und atmete tief durch. Nur ein paar Momente der Ruhe. Mehr wünschte er sich gar nicht.

»Bist du soweit, mein Herz?«, Asrael küsste ihn sanft hinters Ohr.

»Na ja, soweit wir eben damit sein können. Ich habe Angst vor dem, was wir finden können.«

»Ich bin bei dir. Und für dich würde ich die ganze Hölle bekämpfen. Nochmal.«

Hans Peter atmete aus und ließ sich für einen Moment an Asraels Brust sinken. Nur ein kurzer Moment der Schwäche, aber es fühlte sich so gut an, aufgefangen zu werden.

36   KIM

Das Gefühl vollkommenerer Leere und Einsamkeit war so überwältigend, dass Kim spürte, wie jede menschliche Form verloren ging. Wie tote Haut nach einem Sonnenbrand fiel jede Kontur von ihr ab. Das passierte mit Menschen in Isolationshaft. Aber sie war doch noch gar nicht so lange hier, oder? Krampfhaft versuchte Kim sich daran zu erinnern, wann sie hergekommen war. Sie hatten Dinge mit ihr gemacht und jetzt war ihr Gedächtnis ganz ... verschwommen. Sie versuchte, sich an das Gesicht zu erinnern, das auf dem Foto war. Auf dem Foto, das am letzten Tag im Krankenhaus von ihr und Anna aufgenommen worden war. An das Gesicht, das sie behalten wollte; an die etwas schiefe Nase, die wirren Haare, die Sommersprossen, das Lächeln. Ihr Lächeln. Das Lächeln, das ihres sein sollte. Aber das Bild entglitt ihr immer wieder. Sie wollte sich so in Erinnerung behalten. Das war das Gesicht, das sie jetzt tragen wollte. Ein Gesicht aus glücklicheren Tagen.

Aber es war so dunkel um sie herum. Sie spürte, wenn sie noch eine ›sie‹ war, wie ihr Körper jede Kontur verlor. Kim konnte selber nicht mehr erspüren, was ihr (oder sein) Körper tat. Das Gefühl, sich im Dunkel zu verlieren, machte sie fast wahnsinnig. Oder ihn. Oder es. Kim wusste es nicht mehr.

179

Tränen traten in Kims Augen. Eine alles überspülende Welle von Angst bahnte sich an. Eine Angst, die den Atem nahm, wie ein Faustschlag in den Bauch. »Angst ist nicht dein Feind«, dachte Kim und hatte keine Ahnung, wo dieser Satz auf einmal herkam. Sie hörte eine Stimme in ihrem Kopf.

»Angst ist nicht dein Feind, Kim. Angst ist deine Superkraft. Sie macht dich schnell und stärker. Lass dich nicht lähmen. Wir kommen, um dich zu holen!«

Das war Anna! Sie konnte Anna hören.

Das Gesicht, das ihres sein sollte wurde wieder klarer, sie spürte die Veränderung. Das war ihr Wille und in dieser vollkommen aussichtslosen Situation gab es ihr ein Gefühl von Eigenmacht. Die Illusion einer eigenen Entscheidung. Ihre Angst würde ihr helfen, Anna war auf dem Weg und nichts würde sie mehr ohnmächtig machen können.

Ein schwerer Schlag gegen scheppernde Gitterstäbe aus Metall riss Kim aus diesen Gedanken. Jemand war in ihr Gefängnis gekommen. Weißkaltes Licht zerfetzte die Dunkelheit um sie herum und sie blickte auf eine Gruppe Menschen in grauen Uniformen. Gesichtslos waren die. Aber anders als sie. Sie sahen aus, als hätten viele Jahre des Gehorsams jede Einzigartigkeit aus ihren Gesichtern gewischt.

»Dies ist Objekt 3482, eines der letzten Testobjekte, das noch fehlte, nach dem kleinen Vorfall. Unser externer Außendienst konnte es gestern wieder einfangen. Ihr werdet umgehend mit den Testreihen weiter machen, um die verlorene Zeit wieder aufzuholen. Ich werde wieder draußen gebraucht«, die Stimme gehörte einem Mann, ruhig und sachlich. Kim überlief es eiskalt. Irgendwie kam die Stimme ihr bekannt vor. Der Mann, der sprach, war sehr groß und dünn, etwas in ihrem Gehirn begann zu schreien.

Mit einem schrillen Quietschen wurde die Zellentür geöffnet, jemand packte Kim unsanft. Sie wurde in die Höhe gerissen und auf die Beine gestellt, doch noch bevor sie versuchen konnte, ihr Gewicht zu halten, knickten ihre Knie weg und sie knallte schmerzhaft auf den harten Boden.

Abermals wurde sie unsanft am Oberteil nach oben gerissen, ein harter Schlag mit der flachen Hand hinterließ ein schmerzhaftes Brennen auf ihrer Wange.

»So. Jetzt finden wir mal raus, was Du im letzten Jahr so gelernt hast«, wieder ein schmerzhaftes Piksen in ihrem Arm. Wieder eine Spritze. Ihre Sicht verschwamm und die Welt wurde grau.

Sie raufte sich die bunten Haare und ließ dann ihren Kopf auf die Tischplatte sinken. Das konnte doch alles nicht wahr sein!

Madame Destiny seufzte. »Also, wir beginnen nochmal ganz vorn.«

»Bist du sicher, dass die Idioten genug von dem Trank intus haben?«

»Ja, Mutter«

»Ich frage ja nur.«

»Möchte noch jemand Tee?«

»Nein, danke Aurora«, Anna bekam langsam Kopfschmerzen.

»Ist noch etwas Kuchen da?«

»Natürlich Jensen, ich bringe dir gleich welchen.« Die kleine Italienerin verließ den Raum.

»Also, wir beginnen nochmal von vorn. Herr Schröder, Sie hatten in der Vergangenheit am meisten Kontakt mit Deborah? Wie kam der zustande?« Anna fand es fast lustig, wie Madame Destiny Schröder mit ›Herr‹ ansprach. Er schien es auch etwas befremdlich zu finden.

»Eines Tages hat einfach mein Telefon geklingelt, und sie war dran. Das ist jetzt ungefähr drei Jahre her. Hermann und

ich waren damals schon zusammen und versuchten Monster
aufzuspüren, Kalle und Jensen kamen dann später dazu.«

»Wozu?«

»Zu unserer Truppe, Jensen.«

Jensen nickte und wandte sich dann Aurora zu, die ihm
einen Teller mit Kuchen reichte.

»Und sie wollte euch einfach unterstützen bei der Jagd
nach ›Monstern‹? Sie hat nie gefragt, wie ihr auf die Idee
kommt, und ihr habt nicht hinterfragt, warum sie das tut?«

»Es gab noch nie viele Menschen, die uns geglaubt haben.
Hermann und ich, wir haben diese Monster schon früh
kennengelernt. Sie sehen auf den ersten Blick aus wie
Menschen. Aber sie sind keine Menschen. Nicht auf den
zweiten Blick. Wenn sie sich nicht mehr verstecken, dann
zeigen sie ihre echte Gestalt.«

»Aber sie sehen erstmal aus wie Menschen?«, hakte
Madame Destiny nach. Sie überlegte kurz.

»Asrael, mein Herz! Kommst du mal bitte.«

Der große, dunkle Hüne trat durch den Perlenvorhang ein.
Er hatte sich mit Aurora zum Backen in die Küche
zurückgezogen. Er trat neben Madame Destiny und legte ihr
seine riesige Hand auf die Schulter.

»Kannst du mir einen Gefallen tun und den Herren zeigen, wie es aussieht, wenn du nicht versuchst, eine menschliche Gestalt nachzuahmen?«

Asrael seufzte, dann nickte er und im selben Moment schien seine ebenholzfarbene Haut von seinem Körper zu schmelzen. Schuppige Echsenhaut zeigte sich darunter, die großen Hände zeigten Klauen und enorme Krallen. Anna ließ vor Schreck einen kleinen Schrei los, der aber von Schröders etwas weniger kleinem Schrei übertönt wurde.

»Sah das ungefähr so aus?«, fragte Madame Destiny, als würde sie den Monsterjägern ein Foto eines Hundewelpen zeigen, den sie gerade suchte. Noch während sie sprach, schrumpfte Asrael wieder, seine Schuppen verschwanden unter weicher Haut, seine Krallen wurden Finger und sein zähnefletschendes Echsengesicht lächelte herzlich und ein bisschen verschmitzt. »Möchte noch jemand ein Stück Kuchen?«

»Wow, du bist auch ein Monster?«

»Jensen, ich bin ein Dämon. Und ich vermute, dass die ›Monster‹, auf die ihr bisher getroffen seid, auch Dämonen sind. Oder dämonenähnlich.«

»Meinst du, Deborah arbeitet mit Dämonen zusammen?«

»Ich glaube eher, deine Schwester experimentiert mit ihnen. Ich kann mir nicht vorstellen, dass sich Dämonen freiwillig darauf einlassen, mit Menschen zusammenzuarbeiten. Es sind nicht alle so progressiv wie ich.«

Hermann, der große blonde Muskeltyp, grunzte. Anna war sich nicht sicher, ob er etwas damit sagen wollte und wenn, was. Hätte er nicht neulich »Die Hexe« gerufen, wäre Anna sich sicher, dass er gar nicht reden konnte.

»Ich habe so die Schnauze voll gerade. Das ist alles totaler Wahnsinn. Monster, Dämonen, dein heißer Toyboy ist eine verkleidete Echse,« sie zeigte auf Asrael, »das ist alles totaler Wahnsinn und verstehe einfach immer noch nicht, was hier läuft!« Sie fühlte sich den Tränen nahe. Da spürte sie Jensens spinnengleiche Finger auf ihrem Rücken, die sich dort in diesem Moment besser anfühlten, als sie erwartet hatte.

»Ich verstehe auch nicht, was hier los ist«, er lächelte sie an.

»Es hott jo au kinner von dir erwachded«, stellte Kalle trocken fest.

»Also, zusammenfassend habt ihr vier in den letzten Jahren, wie auf Bestellung, Menschen, die angeblich Monster waren, entführt und zu der gruseligen Frau im Tweedrock in die Lagerhalle gebracht, von der wir jetzt festgestellt haben, dass sie quasi meine Tante ist, ohne zu wissen, warum und wozu?«

»Ja, so kann man das wohl sagen«, stimmte Schröder zu.

Von wegen ›Monster‹, Kim war kein Monster.

Wie viele der anderen waren wohl auch keine?

Anna spürte wieder Tränen hinter ihren Augen.

Madame Destiny stand schwungvoll auf und ging im Zimmer auf und ab. Schließlich schritt sie hinüber zu einem der alten Bauernschränke und zog einen zusammengefalteten Stadtplan heraus. Sie faltete ihn auf dem Tisch, an dem sie alle saßen, aus und holte ein kleines, metallenes Pendel aus einer Schublade. Sie hielt es kurz in der Hand, schüttelte dann den Kopf und steckte es wieder weg.

»Es hilft alles nichts«, stellte sie schließlich fest. »Wir müssen davon ausgehen, dass Deborah in dieser Lagerhalle ist, dort müssen wir hin und deine Freundin retten. Aber wir haben keine Ahnung, wie groß diese Halle ist und wo Kim da gefangen gehalten wird. Wir wissen nicht, ob es noch andere gibt, die in dieser Halle festgehalten werden, oder mit wie vielen Leuten wir dort rechnen müssen. Es tut mir leid, Anna, aber jetzt liegt es an dir! Du musst deine Freundin erspüren und bestenfalls auch, wie es ihr geht, was sie weiß, ob sie allein ist. All das kannst du vielleicht erfühlen.«

Plötzlich fiel ihr das Atmen schwer. Ihr Hals wurde eng und sie spürte ihr Herz schmerzhaft in der Brust schlagen.

Sie schnappte nach Luft, so musste es sich anfühlen zu ersticken. Die Ränder ihres Blickfeldes wurden immer dunkler und alles verschwamm vor ihr.

»Atme. Ganz ruhig.«

Sie spürte eine große, schwere Hand auf ihrem Rücken ruhen. Sie sank nach vorn und wurde von einem zweiten Arm gehalten.

»Es ist alles in Ordnung. Du hast einen Panikanfall. Das ist vollkommen nachvollziehbar.«

Anna klammerte sich an Asraels Oberarm fest. Das Gewicht seiner Hand auf ihrem Rücken beruhigte sie und langsam spürte sie, wie Luft wieder gleichmäßig durch ihre Lunge strömte. Sie keuchte noch immer.

»Ich kann das nicht. Ich kann das einfach nicht.«

»Sch, ganz ruhig.«

Wie konnte jemand nur so eine dunkle und beruhigende Stimme haben? Er klang wie eine Mischung aus Alan Rickman und Morgan Freeman. Ziemlich sexy, wenn man nicht gerade von der Verantwortung für mindestens ein weiteres Leben erstickt wurde.

Jetzt spürte Anna wie eine weitere Hand nach ihr griff. Madame Destinys schlanke Finger legten sich sanft um ihre Hand.

»Wir schaffen das zusammen.«

»Ich bin so eine beschissene Freundin. Es ist meine Schuld, dass Kim überhaupt weg ist« Ihr Bauch verkrampfte sich schmerzhaft. Dann konnte sie nicht mehr sprechen.

Der Gefühlsausbruch kam ein wenig unerwartet. Vor allem kam er aber unpassend. Hannah polierte gerade ihr Lieblingsmesser, als sie jemanden im Nachbarzimmer weinen hörte. Zitternd saß die junge Frau mit den Regenbogenhaaren, Hannah konnte sich einfach keine Namen merken, an dem Tisch aus geölter Eiche in der Küche, wo früher der Tisch stand, an dem Hannahs Mutter mit ihr gegessen hatte. Die Stelle auf dem Steinfußboden, an der ihre Mutter gestorben war, schien auf einmal wieder zu glänzen. Wie damals von Persephones Blut. Es war ihr, als könnte sie es wieder sehen. Das Blut ihrer Mutter. Das sie auf den Knien aus den Ritzen und Fugen des Küchenbodens geschrubbt hatte. Klebrig wie Teer.

Na super.

Eine kollektive Panikattacke. Genau das brauchen wir jetzt.

Ihr Junge und Asrael hatten sie aus dem Wohnzimmer hierher gebracht, damit sie sich in Ruhe sammeln konnte, ohne dass ein Haufen Leute um sie herum saß. Jetzt war sie hier in der Küche – mit ihr. Genervt von ihr und sich selbst, drehte sie sich um und ging in ihre Waffenkammer, die direkt an die Küche angrenzte. Aurora sagte immer, dieser

Raum wäre eigentlich für Vorräte gedacht, aber Hannah fand ihn so sinnvoller – mit Weihwassergranaten statt Milchreis.

Sie brauchten jetzt einen kühlen Kopf, Deborahs Aufenthaltsort und vor allem zuverlässige Waffen. Wenn man auf die vier Deppen vertrauen konnte, dann hatte ihre Schwester mindestens 20 ›Monster‹ in ihrem Besitz. Einige davon mit beeindruckender Kraft. Falls sie sie nicht schon umgebracht hatte. Sie mussten klug vorgehen. Und ihre Schwester endlich unschädlich machen. Für immer.

Aber sie war nur eine alte Hexe, mit einem verweichlichten Dämon, der in seiner Freizeit Erdbeertörtchen buk und vier monsterjagenden Vollidioten an ihrer Seite. Hans war kein Kämpfer und die kleine Anna war nicht zu gebrauchen für so einen Einsatz. Keine guten Voraussetzungen, um einen Kampf mit ihrer Schwester zu überleben. Was sie wohl alles gelernt hatte in den letzten Jahren. Es konnte nichts Gutes sein. Wie dem auch sei, das hier war vielleicht ihre letzte Chance, ihre Schwester endlich loszuwerden. Sie hatte keine Wahl. Sie holte tief Luft, drehte sich um und ging mit festem Schritt aus ihrer kleinen Waffenkammer zurück in die Küche.

Sie sind noch immer in dieser scheiß Lagerhalle. Deborah ist so arrogant, dass sie nicht mal daran denkt, sich vor uns zu verstecken. So eine blöde Kuh.

Sie konnte sehen, wie Anna mit geschlossenen Augen vor sich hin flüsterte. Entweder nahm sie Kontakt mit ihrer Freundin auf, oder sie war endgültig durchgeknallt.

Oder beides.

TEIL 6 MITTWOCH – SHOWDOWN

Da waren sie wieder. In dem schmutzigen, weißen Mercedes Sprinter, der vor einer Ewigkeit, die erst drei Tage her war, vor Annas Wohnung in der Frankfurter Straße gestanden hatte. Nach wie vor war dieser Wagen schrecklich auffällig, in seinem Versuch unauffällig zu sein. Außerdem war er gerade der einzige Wagen, der weit und breit hier stand. Nun saßen sie darin in einer kleinen Seitenstraße, nahe der Lagerhalle; Anna, Asrael, Madame Destiny, Hannah und die vier Monsterjäger. Der Wagen war nicht für acht Personen ausgelegt. Der gekieste Platz, die unscheinbare Wand und die blaue Tür, alles sah aus wie zuvor. Unscheinbar, harmlos und furchteinflößend. Kalle und Hermann waren ausgestiegen, um nach einem weiteren Eingang zu suchen, in der Hoffnung vielleicht so einen Überraschungsangriff zu starten.

Es war verrückt, davon auszugehen, dass Deborah die Monsterjäger in das »Foyer« ihres Labores einlud und sich nicht mal die Mühe machte, sich zu verstecken. Nein, es war schrecklich arrogant von ihr.

Anfangs hatten sie versucht, sich versteckt anzuschleichen, für den Fall, dass auch der Außenbereich mit Kameras oder Ähnlichem versehen war. Aber es gab hier einfach keine Möglichkeit, sich zu verstecken. Andererseits machte sich keiner große Hoffnungen, Deborah zu überraschen. Und selbst wenn sie unbemerkt in die Lagerhalle kamen, darin waren sie höchstwahrscheinlich hoffnungslos unterlegen und verloren.

Kalle und Hermann schlenderten schließlich einmal um die Halle herum. Ihre Entdeckung: Sie war riesig und hatte keine weiteren Türen.

»Das sind ja wunderbare Nachrichten. Es gibt also für uns keine Möglichkeit, eine Hintertür zu nutzen?« Schröder seufzte. Hermann schüttelte stumm den Kopf.

Schröder nickte, sein Gesichtsausdruck drückte Resignation aus. Er und die Hexe beugten sich wieder über ihre selbstgemalte Karte der Lagerhalle. Anna war unruhig. Irgendwie hatte sie sich diese Befreiungsaktion doch anders vorgestellt. Sie sah Kalle dabei zu, wie er den Inhalt seiner unzähligen Taschen akribisch kontrollierte. Hermann schob etwas, das aussah wie aus einer alten Star-Trek-Folge entsprungen, in seinen Gürtel. Jensen betrachtete derweil den Dreck unter seinem linken Zeigefingernagel.

»Mhm, irgendwie habe ich mir die Befreiungsaktion anders vorgestellt«, nuschelte er. Anna nickte stumm.

»Mäh müssn uffbassn, dass me nidd in ärjendwelche Feddnäppchen rinndabbn«, flüsterte Kalle. Er drückte Hermann ein kleines schwarzes Kästchen in die Hand. »Es honn ich mäh ussgedacht. Das Dingen brät'n Ochsn in finf

194

Minudn«, Kalle strahlte vor Stolz. Schröder nahm Hermann den aufgemotzten Elektroschocker aus der Hand. »Schönes Teil. Das nehme ich!« Hermann grunzte als Protest.

»Schh«, fuhr Hannah sie an und nickte mit dem Kopf hinüber zu Hans Peter, der als Madame Destiny mit frischem Drag Make-up auf dem Beifahrersitz saß, konzentriert in eine Meditation versunken, um etwas im Inneren der Halle zu erspüren. Asrael saß auf dem Fahrersitz und hielt Hans Peters Hand.

»Also,« flüsterte Jensen zu seinen Kollegen, »gehen wir jetzt rein oder nicht?«

»Sei net so eh Dohlenkopp, Jensen! Mäh wisse net, wa do drinne uff uns wadet.«

»Na ja, wenn wir hier drin bleiben, finden wir es auch nicht raus.«

»Da hast du mal etwas sehr Kluges gesagt! Ich bin beeindruckt. Anna, kannst du Kim noch spüren?« Auch Schröder merkte, dass ihm die Warterei zusetzte.

»Ja schon, sie ist da drin und sie hat Angst. Aber das habe ich mir auch so gedacht!«

»Deborah ist auch drin und ein paar andere«, sagte Madame Destiny.

»Was meinst du mit ›ein paar‹? Das ist jetzt nicht sonderlich präzise«, bemerkte Schröder.

»Ich weiß es auch nicht, es fühlt sich nicht an, als wären es Menschen. Nur so halb.«

»Halbe Menschen?« Fragte Hannah.

»Monster!« Wieder ließ Hermanns ungewohnte Stimme alle zusammenzucken.

»Na prima!« Anna holte tief Luft. »Wir müssen da jetzt reingehen. Wenn wir hier draußen sitzen, ändern wir ja doch nichts!« Dann stieß sie die Tür des Busses auf und ging mit klopfendem Herz auf die Lagerhalle zu. Die anderen folgten ihr zögerlich. Der Weg über den geschotterten Vorplatz zur Halle kam ihr schrecklich lang vor. Die Eingangstür war nicht abgeschlossen. Das war zwar praktisch, aber auch kein gutes Zeichen. Sie spürte Asrael dicht hinter sich. Zum Glück. Sie griff seine Hand, stieß die Tür auf und schritt in die düstere Halle.

Es sah noch alles so aus wie am Tag zuvor. Die Mitte des Raumes schien leicht erleuchtet, doch die Ecken waren so schwarz, dass sie vollkommen verschwanden. Anna trat vorsichtig in den Raum. Sie hielt noch immer Asraels Hand und klammerte sich an ihm fest. Seine große dunkle Gestalt war fast nicht zu sehen.

»Scheiße ist das gruselig«, flüsterte sie.

»Du solltest mal sehen, wo ich herkomme. Das ist gruseliger. Aber nicht viel.«

Schröder und Jensen standen draußen neben der Tür. Bereit hineinzustürmen, falls nötig. Jensen atmete schwer ein und aus, wie eine Dampflok. Doch auch dieses Geräusch schien die undurchdringliche Dunkelheit einfach zu verschlucken.

Für ein Paar Momente war es so still, als befänden sie sich in einem Stummfilm. Dann sprang die Deckenbeleuchtung mit einem Knall an. Anna war sich sicher, dass ihr Herz für ein paar Schläge aussetzte.

Deborah stand am anderen Ende der Lagerhalle, nur 6 Meter entfernt und lächelte sie kalt an.

»Na, hattest du so eine Sehnsucht nach uns, Kind? Du hast sogar Begleitung mitgebracht. Wie lieb. Und so eine spannende Ausstrahlung hat der junge Mann.«

Anna konnte nicht antworten. Sie hoffte nur, dass die Anderen nicht vor lauter Angst weggerannt waren.

»Mädchen, nun mal ehrlich. Was möchtest du hier? Das Ding, mit dem du zusammengewohnt hast, ist gefährlich. Wir haben dich nur beschützt. Geh nachhause. Lebe dein Leben. Jetzt. Ansonsten hast du gleich keins mehr.«

»Ich gehe nicht ohne Kim!«

»Es gibt keine Kim. Das Wesen, das du als Kim kennst, ist nur ein Haufen sehr flexibler Zellen. Kim ist keine verlorene Seele, der du helfen kannst oder eine beste Freundin, die dazu bringen kannst, zu tun, was du möchtest. Denn darum geht es dir doch, oder Mädchen? Jemanden ohne Meinung, ohne Geschichte, der nur da ist und deinem Vergnügen dient. Das könnte man ja schon etwas egoistisch finden.«

»Kim ist meine Freundin! Wir haben uns gemeinsam amüsiert.«

»Es hat nur deine Empfindungen kopiert, wie ein treuer Hund hat es gemacht, was du von ihm wolltest. Dafür habe ich es gemacht. Der perfekte Spion, der perfekte Attentäter.«

»Ich wusste es!« Hannahs Stimme kam aus einer Ecke hinter Deborah und sie drehte sich erschrocken um, Anna war sich nicht sicher, wie die Hexe dort hinüber gekommen war. Aber ihr Auftritt war wirklich spektakulär.

»Du gibst ihnen ihre Fähigkeiten und verkaufst sie dann. Habe ich Recht? Als Söldner. Ist dir die Kleine da drüben vorher weggelaufen oder hast du einfach nur wieder auf deine Spielsachen nicht aufgepasst? Oder ist das ein normaler Testlauf? Deine Monster mal auf Menschen loslassen? Um zu schauen, was passiert, wenn einer deiner Killer auf ein kleines Kind stößt?« Hannah trat ins Licht, eine gespannte Armbrust im Anschlag.

Deborah hatte ihre Fassung schnell wiedererlangt. »Noch immer so schrecklich dramatisch. Meine Güte. Es ist vollkommen egal, wie Objekt 3482 aus unserem Labor entkam. Hauptsache es ist wieder hier. Wir hatten einen Mitarbeiter, der leider etwas unzufrieden war und einige der

Experimente ›befreien‹ wollte. Jetzt ist der Mitarbeiter ...
weitergezogen und ich habe das Einsammeln der
entkommenen Kreaturen outgescourced. Und ja, ich
verkaufe ein paar meiner erfolgreichen Ergebnisse. Meine
Forschungen müssen schließlich finanziert werden. Dafür
schäme ich mich nicht. Ich habe geschafft, was vor mir noch
keine Hexe geschafft hat. Ich habe Magie und Wissenschaft
miteinander vereint! Aus beidem habe ich die ultimative
Machtquelle geschaffen. Ich kann Dinge tun, die dein kleiner
Geist nicht mal träumen kann. Und ich bereue es nicht. Ich
bereue tatsächlich nicht viele Dinge, die ich getan habe. Na,
außer diese Unterhaltung mit dir zu haben vielleicht. Das ist
eine Verschwendung meiner wertvollen Zeit.«

»Du eiskaltes Miststück«

»Ich liebe dich auch, Schwesterherz.«

»Wie? Wie erschaffst du diese Wesen?«

Deborah winkte ab. Es schien wirklich, als wäre ihr diese
Unterhaltung zu langweilig.

»Sie benutzt Dämonenkräfte«, Asraels Stimme donnerte
durch den Raum. »Ich kann es spüren. Sie hat
wahrscheinlich hier ein oder zwei Dämonen gefangen, denen
sie ihre Essenz stiehlt. Wie auch immer sie das tut.«

»Auf ganz geniale Art und Weise natürlich! Und du wirst sicher ein hervorragender Ersatz für meine letzten Dämonen sein. Ich habe hier wirklich einen unheimlichen Verschleiß.«

Sie lächelte noch immer. Dann drehte sie sich zu ihrer Schwester um, die mit gezückter Armbrust an der Wand der Lagerhalle stand.

»Hannah, ich muss dir leider sagen, dass du mit diesem Ding nicht viel gegen mich ausrichten kannst! Auch wenn ich dir glaube, dass du mich sicher gerade sehr dringend umbringen willst, oder? Sag mal, so auf einer Skala von eins bis zehn, wo würdest du dich da gerade einordnen?«

»Mhm, ich bewege mich wohl gerade in den höheren Dreißigern.«

»Du warst schon immer besonders charmant. Mutter hätte dich einfach nach der Geburt ertränken sollen. Ich weiß, dass sie darüber nachgedacht hat. Der erste Versuch geht doch meistens schief«, sie lächelte wieder ihr kaltes Lächeln.

Ein schrilles Quietschen zerriss die angespannte Atmosphäre.

»Gut, wir haben gerade lang genug miteinander gesprochen, bis meine Kavallerie angekommen ist. Danke, dass ihr da so motiviert mitgemacht habt. Die Retter in der Not sind jetzt da.« Deborah lächelte. Ihre Selbstsicherheit machte Hannah nervös.

Im hinteren Bereich der Halle musste eine Tür aufgegangen sein, sie hörten Schritte. Annas Herz schlug ihr bis zum Hals.

Vier Hünen traten durch eine Tür, die an dieser Stelle eigentlich nicht sein durfte. Sie überragten Asrael fast noch um einen Kopf. Ihre Augen waren auffallend stumpf und leer.

»Wollen wir doch mal testen, was meine letzten Innovationen so taugen!«

Auf einen Wink von Deborah marschierten die vier auf Asrael und Anna zu. Er schob sie zur Seite und trat ihnen entgegen. Dabei schien er fast auf die doppelte Größe anzuwachsen, seine Hände verwandelten sich in Klauen mit langen Krallen und sein sanftes Gesicht verzerrte sich zu einer furchtbaren Fratze. Auch wenn Anna diese Verwandlung schon einmal gesehen hatte, fand sie sie wieder unglaublich furchteinflößend.

Ein schrilles Surren durchzog den Raum, dann ein Schrei. Anna wusste nicht, wo sie zuerst hinschauen sollte. Hannah hatte mit der Armbrust auf Deborah geschossen und sie mit einem Pfeil zu Boden geworfen. Anna dachte nicht nach, sie rannte durch die Halle, an Asrael und den vier Hünen, an Deborah und Hannah vorbei, auf die Tür zu. Das grelle Licht in dem Raum, den sie betrat, schmerzte in ihren Augen. Sie konnte Kim noch immer spüren. Sie war hier. Kim war hier.

Käfige reihten sich aneinander, kalt ausgeleuchtet von surrenden Neonröhren an der Decke. Es sah aus wie diese Tierversuchslabore in Horrorfilmen. Ein metallener Untersuchungstisch in der Mitte des Raumes, der immer noch verschmiert war mit etwas, von dem Anna inständig hoffte, dass es kein Blut war. Sie rannte auf den ersten Käfig zu. Das Wesen darin war nicht Kim, das spürte sie. Es war grün und blau geschwollen, wo der Mund hätte sein sollen, befand sich nur noch ein rotes Loch. Es röchelte und starrte leer an ihr vorbei. Anna schossen die Tränen in die Augen und sie musste sich abwenden.

Von draußen hörte sie einen Schrei und ein grässliches Reißen. Dann ein grausames Lachen. Sie musste Kim finden. Und dann irgendwie hier raus kommen.

Dann begann ihr Herz wie wild zu schlagen, der Trank wirkte und zeigte ihr den Weg. Gegenüber der Tür schien einer der Käfige zu pulsieren, nur einen Meter von ihr entfernt. In dem Käfig vor ihr saß ein Wesen, vollkommen weiß, ohne Konturen oder Merkmale. Das Gesicht war glatt, mit einer kaum sichtbaren Nase. Aber alles in ihr schrie »Kim«.

»Püppi! Ich habe dich gefunden! Endlich. Ich hole dich hier raus.«

Doch Kim antwortete ihr nicht. Leere Augen starrten an Anna vorbei. Ein Speichelfaden troff aus Kims halb geöffnetem Mund.

»Was haben sie nur mit dir gemacht?« Sie sah sich nach einem Schlüssel um, oder etwas Schwerem, womit sie das Schloss aufbrechen konnte. Annas Herz blieb stehen, als sie einen wütenden Schrei hinter sich hörte. Sie drehte sich um und sah Deborah, die ein bisschen zerzaust wirkte und aus der Wunde in ihrer Schulter troff noch immer Blut. Ihr gefasstes, leicht spöttisches Lächeln war verschwunden und sie fletschte die Zähne wie ein bissiger Hund.

»Du dummes, kleines Mädchen! Weißt du eigentlich, was es kosten wird, das alles hier wieder aufzubauen? Ich muss neue Geldgeber organisieren. Dieser Aufwand! Und wegen was? Dafür?«, sie zeigte auf das Wesen im Käfig. »Das ist Objekt 3482, wenn es nicht versucht, jemandem zu gefallen, sondern auf Anweisungen wartet. Das ist der Prototyp und wenn dieser ganze Schwachsinn hier vorbei ist, wird es mir ordentlich Geld einbringen«. Sie schnippte sich etwas von der Schulter. Staub oder Dreck oder Überreste von jemandem.

Anna verließ alle Kraft. Sie sackte neben Kim auf dem Boden in sich zusammen. Wenn Deborah hier war, dann bedeutete dies, dass Asrael, Hannah und der Rest es nicht geschafft hatten, sie aufzuhalten. Dass sie wahrscheinlich alle ...

Anna konnte den Gedanken nicht zu Ende denken. Deborah grinste sie zähnefletschend an.

»Und jetzt habe ich einen neuen Dämon. Mit ihm werde ich viele neue Gestaltwandler schaffen. Und das hätte ich ohne dich nicht geschafft, Kleines! Ich wäre wegen der Störung wirklich sauer, wenn du mir nicht den Dämon hier her geliefert hättest und sogar meine Schwester, auf die

Gelegenheit sie zu töten, habe ich so lange gewartet. Danke!«

Anna zitterte, als Deborah sich zu ihr hinunter beugte. Sie streckte die Hand aus, sie wollte sie anfassen. Anna versuchte weiter zurückzuweichen und spürte die harten Metallstangen in ihrem Rücken, sie schloss die Augen. Kim schnaufte leise hinter ihr. Aber die erwartete Berührung kam nicht; Anna öffnete vorsichtig ein Augenlid und sah Deborah vor ihr, in ihrer letzten Bewegung wie erstarrt. Auch ihr Gesicht wirkte wie versteinert. Sie starrte an Anna vorbei, Blut rann langsam aus ihrem Mundwinkel. Mit einem tiefen Stöhnen sackte sie zur Seite.

An der Tür stand Hannah, die Armbrust in der linken Hand und gegen ihre Hüfte gestützt. Ihre rechte Hand hing kraftlos und blutig an ihr hinunter.

»Blöde Mistkuh. Da musst du dir schon mehr Mühe geben.« Sie sah Anna an. »Das wäre hier fast vollkommen schief gegangen!«

»Was ist denn passiert?« Anna wartete auf eine Antwort, doch Hannahs Augen wurden stumpf, sie zuckte und dann sackte sie zusammen. Hinter ihr stand eine große, hagere Gestalt im Dunkel der Lagerhalle.

»Ich bin passiert, Anna«.

Der dünne Mann stand direkt hinter Schröder neben der leicht geöffneten Tür und sie beide lauschten den Geräuschen aus dem Inneren der Halle. Schröder hatte den von Kalle optimierten Elektroschocker in der Hand und machte sich bereit, jederzeit in die Halle zu sprinten, um Hannah, Anna und Asrael zu unterstützen. Er hatte Jensen nicht zugetraut, damit umzugehen. Jensen grinste vor sich hin. Schröder traute ihm nie etwas zu. Das war vielleicht auch ganz gut so. Der kleine Mann musste nicht immer wissen, was Jensen eigentlich so alles konnte. Schnaubend atmete Jensen aus, um sich ein Lachen zu verkneifen.

»Atme doch mal leiser!«, schnauzte er ihn an.

»Okay Boss!«

Schröder drehte sich nicht zu ihm um, er erwartete nicht, was jetzt passierte. Mit einem gehörigen Rums, fiel der kleine, breite Mann zu Boden.

»Was war'n des?« Jensen hörte Kalles Stimme hinter sich und drehte sich um. Schade, dachte er, eigentlich sollten er und Hermann noch im Bus sitzen und die Fummeltrine beschützen. Jetzt stand Kalle vor ihm und schaute verdutzt durch seine dicken Brillengläser hindurch. Nun, was sein musste, musste sein. Jensen sah, wie Kalles Augen sich vor Schreck weiteten, als dessen Blick auf den blutverschmierten Pistolengriff in Jensen Hand fiel. Jensen lächelte wieder und zuckte mit den Achseln. Er würde Kalle wohl töten müssen.

»Hermann!«, brüllte Kalle schneller, als Jensen reagieren konnte. Er hielt inne und sah Hermann dabei zu, wie er um das Auto herumkam und ihn anstarrte. Er sah ebenso schockiert aus wie Kalle.

»Was hast du gemacht?«, hauchte Hermann.

Jensen grinste wieder und schoss zuerst Hermann, dann Kalle in den Bauch. Kalle fiel auf die Knie und kippte dann vorn über. Hermann röchelte und versuchte, einen Schritt auf ihn zuzugehen, doch brach dann zusammen und fiel über Kalle. Das Ganze hatte kaum zehn Sekunden gedauert und er hielt kurz inne, um darauf zu warten, ob die Fummeltrine etwas mitbekommen hatte und er sie auch direkt erschießen musste. Aber alles blieb ruhig und im Wagen regte sich nichts. Er steckte die Pistole in die Tasche seines Overalls und hob den Elektroschocker auf, der neben Schröder auf dem Boden lag. Er streckte sich zu seiner vollen Größe, von fast 2,20 Meter auf. Diese fast unmenschliche Körpergröße hatte er bisher durch seine geduckte Körperhaltung geschickt kaschiert. Er genoss das Knacken in seinem Rücken, streckte sich und schlurfte dann gemächlich durch die Tür, hinein in die dunkle Lagerhalle. Dort war schon ordentlich was los. Deborah lag auf dem Boden. Soweit Jensen es erkannte,

pinnte der Pfeil, der in ihrer Schulter steckte, sie dort fest.
Nur wenige Schritte von ihm entfernt riss Asrael den vier
stumpfen Kampfdrohnen gerade ordentlich den Arsch auf.
Er hatte Deborah gesagt, dass ihre Kreaturen keine Chance
gegen einen waschechten Dämon hatten. Vor allem nicht
einen der so alt und mächtig war wie Asrael. Nun ja, hier sah
sie jetzt den Beweis. Er schlenderte gemächlich zu dem
raufenden Haufen, hielt kurz inne, um auf den passenden
Moment zu warten und gab dann Asrael eine Ladung aus
Kalles Elektroschocker. Der Dämon schrie auf und sackte in
sich zusammen, sofort wurde er unter den Fleischbergen der
vier Hünen begraben. Mal sehen, ob er da wieder raus kam.
Jensen trat ein paar Schritte zurück, um nicht mit in das
Gewühl gezogen zu werden. Schade, dass es so dunkel war,
denn er hätte sich den Kampf gerne noch genauer
angesehen.

Nun ja, er knackte mit den Fingerknöcheln und sah sich
um, Deborah hatte sich inzwischen befreit und ihre
Schwester mit einem mächtigen Kraftstrahl an die Wand
geschleudert. Manchmal vergaß er ganz, dass sie das konnte.
Sie kam auch ohne ihn klar und ging jetzt auf die geöffnete
Tür zu, durch die Anna offensichtlich verschwunden war. Er
streckte sich und gähnte genüsslich, während er dabei zusah,
wie die vier Kampfdrohnen den Dämon bearbeiteten. »Nur

nicht zu wild, ihr vier. Wir brauchen ihn lebend. Wenigstens ein bisschen«, rief er ihnen fröhlich zu.

Als er sich pfeifend zur Tür umdrehte, sah er, wie Hannah sich dorthin schleppte. Sie war nicht tot. Mist. Er erreichte die Tür kurz nach ihr und sah über ihre Schulter, dass Deborah mit einem Pfeil im Rücken auf dem Boden lag. Hannah hatte sie hinterrücks mit der Armbrust erschossen, das Miststück. Das war doch keine Art!

»Was ist denn passiert?«, hörte er Anna fragen.

Er setzte den Elektroschocker an, der für eine Frau ihrer Statur auf jeden Fall tödlich sein musste. Als sie vor ihm zusammenbrach, konnte er Anna dahinter erkennen.

»Ich bin passiert!« Endlich bekam er auch mal die Gelegenheit für einen coolen Actionfilm One-Liner! Heute war ein guter Tag!

Irgendetwas stimmte nicht. Sie konnte es fühlen. Noch immer versuchte sie, in ihrer Meditation zu erspüren, was hinter den Schutzzaubern der Halle im Verborgenen lag. Fast war sie in den verborgenen Ecken angekommen, da blitzte es rot und kreischend vor ihren Augen auf. Sie wurde aus ihrer Trance gerissen und sprang in einer einzigen, fließenden Bewegung vom Beifahrersitz des Busses auf den Parkplatz. Sie sah sich hektisch um, etwas war schrecklich schief gelaufen. Drei der Monsterjäger lagen vor dem Eingang zur Halle auf dem Boden. Sie rannte, so schnell sie über den Schotter konnte, zu ihnen hinüber. Hermann lag quer über Kalle, sie sah, wie Blut ihre Overalls dunkel färbte. Ein kurzer Blick genügte Madame Destiny, um zu erkennen, dass sie mit einer Pistolenkugel in den Bauch getroffen worden waren. Sie war so in ihre Meditation versunken gewesen, dass sie nichts gehört hatte. Bei Hermann konnte sie einen schwachen Puls finden. Sie versuchte einen Heilzauber, den Hannah ihr beigebracht hatte, aber sie war lange nicht so gut darin, wie ihre Mutter. Trotzdem wollte sie weder Hermann noch Kalle aufgeben. Wie war das nur passiert?

Schröder stöhnte. Er schien, abgesehen von einer blutigen Stelle am Hinterkopf, unversehrt zu sein. Noch sichtlich benommen setzte er sich auf.

»Was ist passiert?«, fragten sie sich gleichzeitig.

»Ich saß im Bus und habe meine Kräfte gesammelt. Ich habe nichts mitbekommen.«

»Irgendjemand muss mich von hinten erwischt haben. Oh Gott, ist mir schlecht. Wo ist Jensen? Ist er ...?«

»Ich habe ihn nicht gesehen, nur ...«, bevor sie weitersprechen konnte, sah Schröder schon seine beiden Kollegen leblos auf dem Boden liegen. Mit einem erstickten Schluchzen krabbelte er zu ihnen hinüber. Er schüttelte zuerst Kalle, dann Hermann an den Schultern.

»Jungs! Jungs, wacht auf!«

Hermann stöhnte leise. Kalle rührte sich noch immer nicht. Madame Destiny fühlte vorsichtig seinen Puls. Aber da war nichts.

»Legen wir sie in den Bus und dann suchen wir Jensen und die anderen«, sagte sie. Sie spürte, dass etwas Furchtbares passiert sein musste. Behutsam trugen sie die beiden Männer zum Sprinter. Schröder war noch immer wackelig auf den Beinen. Wahrscheinlich hatte er eine Gehirnerschütterung und sie bat ihn, sich hinzusetzen, damit sie auch ihm mit einem Heilzauber helfen konnte.

Anna starrte zu Jensen auf. Sie verstand nicht, was gerade passierte. Eigentlich sollte sie sich an dieses Gefühl gewöhnt haben, aber jetzt traf sie eine schreckliche Erkenntnis wie ein Schlag in die Magengrube.

»Was ist hier los?« Sie wollte nicht hinnehmen, was sich ihr gerade als schreckliche Gewissheit in den Kopf hämmerte. »Jensen, was hast du getan?«

»Na, ich habe die Hexe getötet. Es war Zeit und weil sie meine Freundin ermordet hat«, Jensen hatte keine Ähnlichkeit mehr mit dem leicht dümmlichen Typ, der heute Morgen noch, wie ein Faultier auf zwei Beinen, neben ihr hergeschlurft war. Sogar sein Gesicht sah anders aus. Irgendwie kantiger. Sexyier. Anna schüttelte sich. Irgendwas stimmte nicht mit ihr, dass sie sich in diesem Moment von ihm sogar angeturnt fühlte. Das war etwas, das sie in Ruhe mit einem Therapeuten besprechen sollte.

Er grinste immer noch auf sie hinab, zu seinen Füßen lagen die beiden toten Schwestern übereinander. In einer bizarren Umarmung, wahrscheinlich der Ersten seit Jahrhunderten.

»Ding Dong, die Hex ist tot«, sang er auf einmal und lachte. Anna drehte sich zu dem Käfig, an dem sie lehnte.

Kim war noch immer dieses weiße, leere Wesen und starrte mit toten Augen an ihr vorbei.

»Kim, Püppi, bitte! Wach auf! Ich bin hier, um dich zu retten!«, flüsterte sie.

»Anna, du kannst dich ja noch nicht mal selber retten. Ihr werdet hier beide sterben. Tut mir leid, dir das zu sagen, aber das ist die Wahrheit. Ich bin kein Fan davon, Menschen anzulügen«, dann lachte er, als hätte er einen großartigen Witz gemacht. »Also sagen wir mal ›Nicht mehr als nötig‹!«

»Ich verstehe nicht, warum!«

»Meine Güte, würde dir denn eine Erklärung die Situation hier leichter machen? Das ist doch Quatsch. Selbst, wenn du weißt, warum das hier gerade läuft, wie es läuft, macht es doch die Tatsache, dass ich dich jetzt umbringen werde, nicht angenehmer, oder? Du belügst dich doch selbst«, Jensen klang gar nicht aggressiv, vielleicht ein bisschen herablassend, aber insgesamt als würde er über das Wetter plaudern. ›Was für ein abartiger Penner‹, war Annas letzter Gedanke, bevor ihre Angst es ihr unmöglich machte, weiter zu denken. Sie atmete schwer, als hätte sie einen Marathon hinter sich. Tränen drückten sich schmerzhaft aus ihren Augen, auch wenn Anna versuchte sie zurückzuhalten. Sie spürte, wie sie über ihre Wangen liefen und dass sie kurz davor war, die Kontrolle über ihre Blase zu verlieren. Jensen blickte zu ihr herab und rollte mit den Augen.

»Hach, na gut«, seufzte er genervt, »ich erkläre es dir, wenn es dich glücklich macht. Ich bin ja kein Unmensch, nur ein ›Monster‹«, mit den Fingern machte er Anführungszeichen in die Luft, »Ich mache das, weil das meine Kraft ist. Ich kann mich einschleichen und so unauffällig sein, dass man mir alles glaubt. Wer hätte schon gedacht, dass der dumme, schlaksige Typ ein Spion ist? Und, bevor du fragst, ja ich bin schon etwas stolz auf mich.« Er grinste sie an. »Ich habe Schröder, Kalle und Hermann jahrelang in dem Glauben gelassen, ich sei ein idiotischer Trampel. Sie haben mir vertraut, weil ich so schön harmlos bin. Wusstest du eigentlich, warum die drei Monster jagen? Die machen das nicht nur wegen des Geldes. Die haben wirklich Gründe. Fast schon nobel! Schröder hat als Junge seine kleine Schwester an ein Monster verloren. Der Typ ist aus einer unserer Einrichtungen abgehauen und hatte ein echtes Aggressionsbewältigungsproblem. Hat der Kleinen das Rückgrat gebrochen. Einfach so. Und Kalle hat mit angesehen, wie ein ausgefalleneres Experiment seiner Frau das Mark aus den Knochen saugte. Das hat ihn irgendwie nachhaltig verstört«, er kicherte. »Gut, das wir so früh erkannt haben, dass das Experiment ansonsten nutzlos war, sonst hätten wir noch viel mehr Zeit verschwendet. Na ja, und Hermann ... ihn hat es wirklich hart erwischt«, er schüttelte den Kopf, als wäre Hermanns Schicksal sogar für ihn zu tragisch, um darüber Witze zu machen. Er schwieg kurz und holte tief Luft. »Mit einem Monster als Stiefvater aufzuwachsen ist wirklich nicht leicht. Dabei war das nicht mal einer von uns. Der war ganz ›menschlich‹. Aber ihr habt ja eure eigenen Monster.«

»Also ... was bist du denn jetzt? Auch eines von ihren Experimenten?«

»Na Anna, jetzt bin ich aber fast beleidigt«, er lachte wieder. So hatte sie ihn noch nie Lachen gehört. Es war nicht das freundliche Glucksen, das sie von ihm kannte. Es war tief und kehlig. »Ich bin kein Experiment. Nein, ich bin etwas ganz Besonderes, der Sohn eines Dämons und einer Hexe. Meine Mutti war ein bisschen überfordert mit mir und mein Vater war ... nun ja, nicht so der familiäre Typ. Deborah war eine Freundin meiner Mutter, so haben wir uns kennengelernt und so kam sie auf die Idee, Dämonenkräfte zu nutzen.«

›Ich muss ihn nur am Quatschen halten. Dann wird schon jemand kommen‹, hämmerte es in Annas Kopf.

»Es kommt keiner. Du kannst aufhören, auf die Tür zu starren. Die Anderen sind leider tot. Also die meisten. Und die, die noch nicht tot sind, sind es bald. Also egal.«

Er grinste wieder. Dann stieg er über den leblosen Körper der Hexe und ihrer Schwester hinweg, schritt langsam auf Anna zu. Er schlenderte, wie man entspannt an einem sonnigen Vormittag an den Schaufenstern von *Folterinstrumente `R`us* vorbei bummelt. Anna versuchte weiter nach hinten, von ihm wegzukriechen, und drückte sich an die Stangen, hinter denen Kim noch immer vollkommen apathisch saß und sabbernd vor sich hinstarrte. Es gab keinen Ausweg, sie war gefangen und diesem Psychopathen, den sie bis vor zehn Minuten noch für einen netten Kerl gehalten hatte, ausgeliefert.

»Was hast du mit mir vor?«

»Na ja, eigentlich gar nichts. Du bist für mich nicht von Bedeutung, das klingt jetzt viel gemeiner, als es wirklich ist. Ich finde dich nett, wirklich, aber ich brauche meine ganze Aufmerksamkeit jetzt wirklich leider woanders. Eigentlich müsste ich dich aus Prinzip umbringen. Hab ich ja schon gesagt. Also das macht man ja einfach so. Aber andererseits habe ich keine Prinzipien, also könnte ich dich auch einfach nicht töten. Schwierig, schwierig.« Er starrte an die Decke und Anna versuchte langsam, in Richtung Tür zu kriechen.

»Weißt du Anna, ich mag dich eigentlich, und ich kann mir auch nicht vorstellen, dass du irgendetwas gegen mich tun würdest. Du bist doch kein Kämpfer, Anna. Da sind wir uns doch einig, oder? Du bist nichts weiter, als ein kleines Mädchen, das nie gelernt hat, dass es nicht der Mittelpunkt der Welt ist. Du bist eine kleine, herrschsüchtige Egoistin. Früher hast du mit Puppen gespielt, jetzt spielst du mit

›Kim‹. Weil du so gerne anderen aufdrückst, was du in ihnen sehen willst. Weißt du was, wenn du gehen willst, dann geh«, er zuckte mit den Achseln.

»Und Kim?«

»Also, das Häufchen Elend da hinten, das muss natürlich hierbleiben. Ich weiß gar nicht, was Deb mit ihr angestellt hat. Von deiner Freundin, oder deinem Freund, scheint gar nicht so viel übrig zu sein.«

Er ging einfach um Anna herum, als hätte sie nicht eben noch krampfhaft versucht, ihm auszuweichen, und stellte sich vor das Gitter. Dann trat er mit solch einer unerwarteten Wucht dagegen, dass Anna zusammenfuhr. Das Wesen, das mal Kim gewesen war, fiel einfach zur Seite um.

»Mhm, ja nur noch Gemüse. Was willst du denn damit?« Anna konnte nicht mehr antworten. Sie zitterte so sehr, dass sie keinen Laut über ihre Lippen brachte.

»Also, wenn du gehen willst,« wiederholte er, »hinter mir ist die Tür.«

Sie ließ Jensen nicht aus den Augen, bewegte sich vorsichtig auf Händen und Knien auf die Tür zu, tastete sich mit den Händen vor und zog ihre Beine nach. Sie traute ihren Knien gerade nicht, sie zu tragen. Jensen drehte ihr den Rücken zu, er war sich tatsächlich sicher, dass von ihr keine Gefahr ausging. Anna konnte nicht genau sagen warum, aber sie fühlte sich beleidigt. Hielt er sie tatsächlich für so harmlos? Was für ein Arsch! Sie zog und schob sich weiter über den kalten Fliesenfußboden, auf die leblosen Körper der beiden Hexen hin. Dann fiel ihr Blick auf Deborahs graue Haare.

»Sag mal, wie war eigentlich euer ... also du und Deborah, wie ...«, sie hatte gesprochen, bevor sie nachgedacht hatte. Ein häufiges Problem bei ihr. Neugier ist der Katze tot, klingelte es in ihren Ohren. Ohne sie anzusehen, antwortete er ihr: »Wir waren ein Paar. Sie und ich. Kein Liebespaar, kein romantischer Quatsch. Es war, im Prinzip, eine Mischung aus Machtgehabe und Sex. Eine wirklich tolle Kombination, manchmal etwas brutal, aber na ja ... jeder wie er mag.« Er seufzte, »Sie wird mir schon fehlen.«

Anna rümpfte die Nase. Bilder tauchten in ihrem Kopf auf, gegen die sie sich nicht wehren konnte. Von Jensens graßhüpfergleichen Beinen, die sich um einen alten Körper im Tweedkostüm schlangen. Sie schüttelte sich.

»Wow. Das habe ich nicht erwartet. Sie ist doch so alt!«

»Hey, das ist diskriminierend! Auch alte Leute haben sexuelle Bedürfnisse. Und abgesehen davon, wären die Rollen vertauscht, würde dich das nicht stören. Ältere Männer haben dauernd jüngere Partnerinnen. Ich hätte dich wirklich nicht für so verklemmt gehalten.« Er drehte ihr immer noch den Rücken zu und suchte etwas in dem Regal neben Kims Käfig.

Anna tastete auf dem Boden neben sich nach Halt, um sich weiter zur Tür zu schieben. Da spürte sie etwas Metallenes unter ihrer Handfläche. Ein Messer. Es musste Hannah aus dem Gürtel gerutscht sein. Sie griff vorsichtig danach und zog es an sich heran. Ganz leise stand sie auf, wagte kaum zu atmen. Sie unterdrückte ein erleichtertes Seufzen, als ihre Beine sie trugen. Pah, von wegen ›harmlos‹. Die Strecke zurück zu Jensen kam ihr stehend viel kürzer vor, als eben auf den Knien kriechend. Sie stand mit zwei Schritten hinter ihm und ohne zu zögern und nachzudenken, stieß sie ihm das lange Messer in den Rücken. Sie spürte, wie es von einer Rippe abglitt und sich zwischen diese und die Rippe daneben schob. Das hatte gesessen. Jensen schrie nicht, als er nach vorn kippte und an den Gitterstäben hinabrutschte. Mit aufgerissenen Augen drehte er den Kopf und starrte sie an. Überrascht. Ein bisschen fassungslos.

»Ich bin nicht verklemmt!«, schleuderte Anna ihm entgegen. Er blickte sie immer noch mit großen, erschrockenen Augen an, als sie heraneilende Schritte hinter sich hörten. Schröder stolperte fast über die beiden Hexen auf der Türschwelle. Dann blickte er Anna an, die noch immer über dem zusammenbrechenden Jensen stand. Für den Bruchteil einer Sekunde grinste Jensen Anna an, dann gab er das Wimmern einer getretenen Hundewelpe von sich. Ein Heulen, so ergreifend, dass Anna fast selbst angefangen hätte zu weinen.

»Sie war es, Boss!«, schluchzend deutete er mit einer zitternden Hand auf Anna, »sie hat uns verraten. Wo warst du nur? Warum hast mich hier alleine gelassen. Du wolltest doch auf mich aufpassen«, Jensens blasse Augen waren übernatürlich groß und schimmerten feucht. Schröder starrte fassungslos auf Jensen, dann sah er Anna an.

»Was hast du getan, Mädchen«, er schob sich an ihr vorbei und kniete neben Jensen. Anna starrte die beiden an. Sie wollte etwas sagen, aber sie wusste nicht was. Das hier war zu absurd, zu unwirklich. Wurde sie gerade tatsächlich von dem Typ verarscht, von dem sie heute Morgen noch dachte, er wäre zu doof sich die Schuhe richtig herum anzuziehen?

Plötzlich schrie Jensen auf. Griff nach Schröder und sank dann leblos in sich zusammen. Fassungslos starrte Anna auf Jensens Körper. Dahinter erhob sich das weiße Wesen, das Kim wieder ähnlicher wurde. Zwei dünne Strähnen blauen Haares wuchsen auf der Mitte des Kopfes. Kim hatte das lange Messer in der Hand. Blut klebte an der Klinge.

»Nein! Nein, nein, nein« Schröder sackte weinend über Jensen zusammen, hielt seinen Körper in den Armen und wiegte ihn hin und her.

»Er war mit Deborah verbündet. Er hat uns verraten. Er war nicht, für was du, für was wir ihn gehalten haben!« Anna legte vorsichtig ihre Hand auf den Rücken des wimmernden Mannes, der den toten Körper seines Freundes in den Armen hielt.

»Lass mich bitte raus«, keuchte Kim. Ihre Stimme nur ein heiseres Röcheln. Fieberhaft suchte Anna nach einem Schlüssel, oder etwas um die Tür aufzubrechen. Da hörte sie wieder Schritte vor dem Raum. Was denn jetzt noch?

Früher, also nicht so weit früher, als er noch ein Mensch war, aber früher, bevor er feststellen musste, dass seine Vorgesetzten in der Hölle ein Komplott geschmiedet hatten, um den kleinen Hans Peter zu entführen; früher, als er noch ein durch und durch überzeugter und folgsamer Dämon gewesen war; als er ohne mit der Wimper zu zucken, Seelen folterte und Menschen tötete, die ihm in den Weg kamen; schon damals hatte er manchmal dieses ungute Gefühl gehabt. Dieses Kribbeln in seinem Nacken. Als würde gleich etwas Furchtbares passieren. Dann spürte er es eine ganze Weile nicht mehr. Vielleicht weil er dieses Frühwarnsystem nicht mehr brauchte, da er mit einem Hellseher zusammenlebte. Aber jetzt, jetzt spürte er es. So stark wie noch nie zuvor. Es verschlug ihm glatt den Atem und Asrael brauchte einen Moment, bis er überhaupt erkannte, was da mit ihm passierte.

Seine dämonischen Kräfte erwachten, ohne dass er sie bewusst aktivierte. Auch die, die er seit gefühlten Ewigkeiten und in dieser Realität, nicht gefühlt und gebraucht hatte. Zwischen dem Geruch nach Staub und Alter konnte er noch etwas anderes riechen. Angst, Blut, Pisse und Tod. Alles in ihm stellte sich auf einen Kampf ein, ohne dass er sich dafür entschied.

Er hatte gespürt, dass das Licht angehen würde, bevor die kalten Neonröhren an der Decke ansprangen, er spürte die Anwesenheit anderer Dämonen und er spürte noch etwas, er spürte Verrat.

Er versuchte, seine Energie zu bündeln, und zu ermessen, wo die anderen Dämonen waren. Sie mussten hier irgendwo sein, hier in diesem Gebäude. Sie mussten handeln - jetzt. Bevor hier alles voll war mit Deborahs Schergen. Er hörte Schritte, die immer näher kamen. Die vier Hünen, welche nun die Halle betraten, waren offensichtlich leere Hüllen, plumpe Wesen ohne Geist. Aber wieder fühlte er etwas. Sie waren keine Dämonen, aber sie hatten etwas Dämonisches in sich, er konnte ihre Macht spüren. Sie mussten das Ergebnis dieser Experimente sein. Man stelle sich nur eine ganze Armee dieser Wesen vor. Damit konnte man jeden Feind einfach überrennen. Kurz fragte er sich, warum keine Armee hier war. Warum nur vier? War Deborah so selbstsicher?

Er schob sich vor Anna, die noch immer zitterte und wartete darauf, dass sie ihn angriffen. Jetzt sollten sie mal zeigen, was sie so konnten. Er ließ seine menschliche Hülle los und nahm seine verborgene, seine Dämonengestalt an. Er zeigte sich so nicht gerne, denn er war inzwischen viel mehr und fühlte sich in seiner menschlichen Form echter. So hatte er ausgesehen, bevor er starb, bevor seine Seele zum Spielball anderer Dämonen in der Hölle wurde, die ihn zerrten, zogen und zu einer grotesken Variante seiner selbst machten. Lange Krallen wuchsen aus seinen Fingern, seine weiche, dunkle Haut wurde hart und schuppig, wie die Haut einer Schlange. Er hörte Anna vor Schreck aufschreien und er war ganz erleichtert, dass er ihr schon einmal im Ansatz gezeigt hatte, was er konnte - und das es hier dunkel war.

Sie griffen zusammen an, wie erwartet. Er hatte zwei vor sich und je einen an der Seite. Fast befürchtete er, es würde ihm Probleme bereiten, aber dann war es doch erschreckend einfach, auf seine Dämonenkräfte zuzugreifen und sie herauszulassen. Seine Krallen durchdrangen den Hals des Angreifers rechts von ihm und mit weit ausholendem Schwung traf er auch gleich den Nächsten. Er riss große Brocken blutigen Fleisches aus ihren Körpern. Der erste Angreifer hätte eigentlich sofort zu Boden gehen müssen, aber Asrael sah, als er sich zu dem Linken drehte, eine Bewegung in seinem Augenwinkel. Der verletzte Hüne stand noch immer und bewegte sich auf ihn zu. Sein Kopf kippte zur Seite, wo Asrael ihm den halben Hals weggefetzt hatte. Er gab sich keine Zeit, darüber erschreckt zu sein, und legte sein ganzes Gewicht in einen kräftigen Tritt vor dessen Brustkorb. Er spürte, wie unter seiner Fußsohle Rippen brachen und sich nach innen, in Lunge und Herz bohrten. Der Angreifer taumelte zurück. Aber noch immer ging er nicht zu Boden.

In diesem Moment wurde Asrael an den Armen gepackt und nach hinten gerissen. Zwei hielten ihn und ein Weiterer stand vor ihm. Der vierte taumelte auf sie zu, verletzt, sterbend, aber noch immer entschlossen seinem Befehl zu folgen. Asrael fragte sich, ob er wohl Schmerzen empfand. Schläge prasselten auf ihn ein, versuchten, ihn zu Boden zu drücken. Asrael stieß sich mit den Beinen ab und drehte sich über seine Schulter herum. Dabei zog er seine Arme aus den Händen der Angreifer und landete auf dem Rücken von einem, der unter seinem Gewicht direkt zu Boden ging. Nun hatte er einen von ihnen unter seinen Füßen, zwei verletzt und Nummer vier war der nächste. In diesem Moment schoss ein scharfer Schmerz durch seinen Körper, er zitterte und konnte sich nicht mehr bewegen. Er kannte das Gefühl, auch wenn sein Gehirn ihm gerade nicht sagen konnte, was es war. Bevor er wieder Luft holen konnte, spürte er, wie sich die Angreifer auf ihn stürzten, ihn unter sich begruben. Ein Schlag in die Magengrube, ein Tritt gegen den Kopf, dann etwas Scharfes, das sein Bein aufschlitze. Noch immer konnte er nicht atmen und er glaubte schon, seine Lungen würden platzen, da waren sie plötzlich weg. Einfach weg.

»Hörni,« hörte er die schönste Stimme auf der Welt über ihm und zwei warme, weiche Hände legten sich um sein Gesicht »Ich habe dich, mein Herz. Ich bin da.«

Er spürte Lippen auf seiner Stirn, hörte Gemurmel und dann war da eine wohlige Wärme in seiner Brust. Der Schmerz war weg und er konnte wieder atmen. Er wusste, wer ihn gerettet hatte, zwar noch nicht wie, aber das war ihm gerade egal.

»Ich bin bei dir, mein Herz«, hauchte sein Liebster wieder und hinterließ eine leuchtende Spur roten Lippenstifts auf seiner Stirn.

»Danke,« hauchte er ihm ins Gesicht. Mit beiden Händen nahm er Hans Peters Gesicht in seine Hände und zog ihn zu sich hinunter. Obwohl es kaum möglich schien, war er sich sicher, dass er sich noch nie so sehr gefreut hatte, ihn in Drag zu sehen. Oder sie zu sehen. Geschlechtspronomen sind kompliziert.

»Was ist denn hier nur passiert?«
Asrael hörte Schröders Stimme über sich. Er schaute an seinem Liebsten vorbei zu dem riesigen, zuckenden Schnauzbart, mit dem kleinen, zuckenden Mann daran.

»Uns haben diese Vier angegriffen. Als ich sie fast erledigt hatte, hat mich irgendwas von hinten erwischt. Sie haben mich vollkommen eingekreist und fast zerrissen. Und dann hast du«, er blickte Hans Peter in die Augen »mich gerettet«.

Sie küssten sich wieder.

Schröder räusperte sich, »Ich will die Romantik hier ja nicht unterbrechen, aber wo sind Anna und Jensen? Wo ist Deborah?«

»Da hinten, Anna ist durch die Tür. Wo Deborah ist weiß ich nicht und Jensen habe ich hier drin noch gar nicht gesehen«, Asrael rappelte sich hoch, ergriff Hans Peters ausgestreckte Hand und ließ sich aufhelfen. Sie blickten hinüber und sahen die Silhouette von jemandem oder etwas im Licht der Tür liegen. Schröder rannte voraus, Asrael spürte, dass er noch nicht wieder bei vollen Kräften war. Auch wenn der Heilzauber schon gute Wirkung gezeigt hatte, war er doch einfach noch angeschlagen. Dann erklang ein schrecklicher, erstickter Schrei aus dem Raum. Als er mit Hans Peter zum Eingang kam, erkannte er Hannah, die leblos über dem Körper von Deborah lag.

»Mama!« Madame Destiny schrie und fiel neben Hannah auf die Knie. Sie hatte eine große Brandwunde im Nacken. Auf dem roten Fleck bildeten sich Brandblasen.

»Was war das? Womit wurde sie getroffen?«

»Ich bin nicht verklemmt!«, hörten sie jemanden im Inneren des Raumes rufen. Schröder stand bereits hinter den beiden toten Frauen und starrte fassungslos auf etwas, das Asrael nicht erkennen konnte.

»Sie war es, Boss!«, hörte er eine zitternde Stimme. Das musste Jensen sein! »Sie hat uns verraten. Wo warst du nur? Warum hast mich hier alleine gelassen. Du wolltest doch auf mich aufpassen« Asrael konnte sich nicht erklären, wen er meinte, aber er wollte seinen Liebsten auch nicht in seiner Trauer alleine sitzen lassen, um es herauszufinden.

»Was hast du getan, Mädchen?«

Neben sich hörte er ein leises, heiseres Stöhnen. Madame Destiny griff seinen Arm und atmete erleichtert auf. Sie hatte einen Heilzauber bei ihrer Mutter angewandt, den gleichen wie bei ihm. Er war immer wieder begeistert davon, wie unglaublich stark sie inzwischen war, denn Hannah kam langsam wieder zu sich.

»Irgendwas läuft hier ganz schief«, keuchte Hannah.

»Ich weiß. Mach jetzt ganz langsam, Mama. Sei bitte vorsichtig. Du musst erst wieder zu Kräften kommen.«

»Hör auf mich zu betuddeln, wie eine alte Frau! Sonst trete ich dir in den Arsch, dass du mir an den Fußnägeln knabbern kannst!«

»Ich habe dich auch lieb, Mama!«

Ein Wimmern und eine gestotterte Antwort drangen aus dem Raum. Nur wenige Schritte von ihnen entfernt stand Anna, beugte sich zum weinenden Schröder, der Jensens Körper in den Armen hielt. Dahinter stand in einem Käfig ein Wesen, das so bemerkenswert ohne Merkmale war, dass es Asrael einen Schauer über den Körper jagte.

»Was ist hier passiert?«

Das Wesen im Käfig ließ ein blutiges Messer fallen, das Asrael vorher nicht aufgefallen war. Es war Hannahs Messer, er erkannte die liebevoll gepflegten Waffen seiner Schwiegermutter sofort wieder. Sie hielt sie ihm oft genug unter die Nase – manchmal aus Stolz, aber öfter als Drohung. Noch immer wiegte Schröder Jensens Körper in den Armen, fassungslos starrte er Anna an, die stocksteif und stumm zwischen ihm und dem Käfig stand.

Hannah rappelte sich auf und humpelte hinüber zum Käfig. Sie hob das Messer auf und besah es genau. Mit zusammengekniffenen Augen blickte sie auf das weiße Wesen, das mal Kim gewesen war, und dann auf Jensens leblosen Körper. Dann ließ sie die Klinge über Jensens nackten Unterarm gleiten. Schröder wollte gerade protestieren, da sah Asrael wie Jensens Haut kleine Blasen warf, wie bei einem leichten Sonnenbrand.

»Was – was bedeutet das?«, ächzte Schröder.

»Das bedeutet, dass er ein Dämon ist. Oder dämonengleich.«

»Sag ich doch«, schrie Anna. Sie atmete schwer und war wahrscheinlich kurz davor vollkommen hysterisch zu werden. Asrael stieß Madame Destiny neben sich leicht an und nickte zu Anna hinüber. Sie verstand sofort und ging zu ihr, vorsichtig legte sie ihr beide Hände auf die Wangen und Anna entspannte sich sofort.

»Er ist der Sohn eines Dämons und einer Hexe. Er hat es mir selbst gesagt. Und er war auf Deborahs Seite. Sie waren ein Paar und er hat sich bei Schröder und den anderen eingeschlichen, um sie dazu zu benutzen. Irgendjemand hat die ...«, sie stockte und schaute auf Kim, die zitternd auf dem Boden ihrer Zelle saß. »Hat sie alle freigelassen.«

»Es müssen noch mehr von ihnen hier sein. Die Halle ist doch viel größer als die paar Räume. Wir müssen uns weiter umsehen.«

Kim wimmerte in ihrem Käfig. Dann hörten sie ein lautes Grollen, das direkt unter ihren Füßen herzukommen schien.

»Ich glaube, wir müssen dringend hier raus«, flüsterte Madame Destiny und griff Asraels Hand. Mit einer schnellen Bewegung riss er die Gittertür des Käfigs auf, Anna nahm Kims Hand und führte sie aus dem Käfig heraus. In diesem Moment hörten sie einen schrillen Schrei, das Wesen aus dem Käfig bei der Tür warf sich gegen seine Gitterstäbe.

»Was machen wir mit ihm?«, knurrte Hannah. Mit zwei beeindruckend großen Schritten war Asrael bei dem Käfig und blickte auf das zerschundene Wesen. Er fühlte einen

Stich in der Brust. Er konnte diesen Dämon spüren; fühlte, dass er fast all seiner Macht beraubt war und dass nur noch wenig von dem Wesen übrig war, das er einst gewesen war.

»Wir können ihn nicht hier lassen. Hannah, schick ihn schlafen!« Seine Schwiegermutter schleppte sich sofort an seine Seite und sammelte murmelnd glühende Energie in ihrer Hand.

»Ohne ihn noch mehr zu verletzen!«

»Ist ja gut.« Sie murmelte etwas und bewegte ihre Finger kurz durch die Luft. Das Wesen im Käfig sackte in sich zusammen und schien einzuschlafen. Asrael riss auch hier die Tür aus den Angeln und warf sich das schlafende Wesen über die Schulter. Das Rumoren unter ihren Füßen wurde lauter, um sie herum begann es zu Klirren und Klappern. Dann spürten sie die Vibrationen um sich herum.

»Wir müssen ganz schnell hier raus!«, rief Schröder. Mit einem lauten Knacken zogen sich Risse durch die Decke des Labors, Staub rieselte herab. Das Gebäude würde gleich einstürzen.

Sie saßen an dem runden Tisch im Wohnzimmer des kleinen Hexenhäuschens am Waldrand und tranken Tee. Einen Spezialtee natürlich, der heilen sollte und helfen, die letzten Stunden zu verarbeiten. Sie puzzelten nur langsam zusammen, was in der Lagerhalle geschehen war. Kalles toter Körper lag zugedeckt auf einer Bank am Fenster. Sie hatte es wirklich probiert, aber als sie bei ihm ankam, war kein Fünkchen Leben mehr in ihm gewesen. Bauchschüsse waren immer schwierig zu heilen, denn im schlimmsten Fall konnten gleich mehrere Organe verletzt sein. Bei Kalle war die Kugel quer durch den Bauch nach oben geschossen, hatte Darm, Magen und dann noch die Lunge zerfetzt. Er hatte keine Chance. Hermann hingegen erholte sich langsam und saß mit den anderen zusammen am Tisch. Er schlürfte seinen Tee und starrte vor sich hin. Seit er wieder aufgewacht war, hatte er kein Wort gesprochen.

Hans Peter löste zwei Haarklammern und zog sich seine schwarze Perücke vom Kopf und legte sie vorsichtig auf den Stuhl neben sich. Er strich sich über seine wuscheligen, blonden Haare, die vor Schweiß und durch die Perücke am Kopf festklebten. Er seufzte: »Es tut mir so leid.«

Hermann grunzte leise. Schröder saß neben ihm und nickte leicht. Sie hatten zwei von sich verloren. Einer war tot, einer hatte sie hintergangen. Hans Peter konnte sich vorstellen, wie schwer sie das verletzen musste. Er spürte eine warme, zarte Hand auf seiner Wange. Es war Aurora, die ihm mehr Tee einschenkte.

»Hier mein Schatz, trink was«, sie küsste ihn auf die Stirn.

»Danke. Wie geht es Mama?«

»Sie schimpft wie ein Rohrspatz, will nicht im Bett bleiben und Schnaps statt Tee.«

»Dann ist sie also wieder fit?«

»Ja, nahezu.«

»Gut. Wenigstens etwas.«

Asrael kam durch die Wohnzimmertür und schüttelte leicht den Kopf. Der Dämon, den sie aus dem Labor gerettet hatten, war nicht wieder aufgewacht. Alles, was er ihnen hätte verraten können, war verloren.

Sie hatten es gerade so alle aus der Halle geschafft, kaum zu glauben, dass keiner von Ihnen von einem fallenden Stück Decke erschlagen worden war. Sie hatten Kim wieder und Deborah war tot. Das war doch etwas, oder? Sie hatten keine Ahnung, was für Experimente Deborah noch durchgeführt hatte und wer ihr dabei half. Was war aus ihnen geworden? Konnten sie durch einen unentdeckten Ausgang fliehen? Waren unter der Lagerhalle noch weitere Labore, jetzt unter Schutt begraben?

Hans Peter seufzte. Sie waren nicht viel klüger als zuvor. Dafür hatten sie Kalle verloren und Kim nur noch ein Schatten ihrer Selbst.

»Manchmal ist ein Sieg eben nur das« Asraels Stimme war nahe an Hans Peters Ohr. »Heute sollten wir froh sein, dass du so viele Menschen retten konntest und wir noch zusammen sind.«

»Ja, Du hast bestimmt Recht. Danke, dass du bei mir bist,« Hans Peter lehnte sich an ihn. Da hörte er hinter sich ein Hüsteln. Schröder versuchte offensichtlich, seine Aufmerksamkeit zu bekommen.

»Ja?«

»Ich ... Danke! Danke für heute. Ohne dich wäre Hermann tot und ich wahrscheinlich auch. Also, nochmal: Danke!«

»Kein Problem«, Hans Peter wartete, er wusste, dass Schröder noch mehr sagen wollte.

»Ich werde jetzt nachhause fahren. Ich brauche gerade dringend ... ich brauche ... wasweißich, was ich jetzt brauche. Aber ich will nachhause.«

Hans Peter nickte. Sie alle hatten eine Menge zu verarbeiten. Vor allem Schröder und Hermann. Aber da war noch etwas, das dem kurzen Mann auf der Seele lag. Etwas, das er fragen wollte, aber nicht wusste wie. Hans Peter versuchte zu erspüren, was ihn so trieb, aber stieß auf eine dicke Mauer aus Schweigen und unterdrückter Trauer.

»Hermann und ich werden morgen gleich rausfahren zu der Lagerhalle und schauen, ob wir noch etwas Wichtiges finden. Das kann es nicht gewesen sein, da muss noch mehr sein.«

Hans Peter nickte wieder. Noch immer konnte Schröder sich nicht losreißen. Da spürte er es plötzlich. Er lächelte und legte Schröder eine Hand auf die Schulter.

»Möchtest du morgen mit deiner Frau wieder herkommen? Ich werde sehen, ob ich ihr helfen kann.«

Er seufzte erleichtert, nickte kurz, drehte sich dann um und verließ das Haus so schnell er konnte, damit niemand seine Tränen sah, vermutete Hans Peter. Viele Männer seines Alters hatten Probleme damit, beim Weinen gesehen zu werden.

46 UND DANN?

Während Hans Peter versuchte Schröders Frau Britta zu heilen, machte dieser sich am nächsten Morgen zusammen mit Hermann auf zu den Ruinen der Halle. Das Gelände war abgesperrt, das sah offiziell aus. Aber weit und breit war niemand zu sehen und sie ließen das ›Betreten verboten‹ Schild einfach hinter sich.

Zwischen den Ruinen fanden sie weder Deborahs noch Jensens Leiche. Im hinteren Teil der Ruine, hinter all den Käfigen, die von Schutt begraben waren, gab es weitere Räume. Soweit sie erkennen konnten, führte aus dem vorderen Teil, dem Teil, den sie kannten, aber keine Tür dort hin. Diese Räume waren offensichtlich, wie der davor, genutzt worden, um an Menschen, Dämonen und den aus Experimenten entstehenden Wesen, zu experimentieren. Aber auch hier waren alle Käfige leer und verlassen. Sie fanden einige Aufzeichnungen und dicke Aktenordner, die in einer Ecke lagen und die sie, in der Hoffnung etwas Brauchbares darin zu finden, in ihren kleinen Bus trugen.

Es war Hermann, der den Ersatzkanister Benzin aus ihrem Bus holte und die Überreste der Labore in Brand steckte. Damit wenigstens hier keine weiteren Monster entstehen konnten. Nie wieder.

Hans Peter zog sich mit seiner Familie in das Hexenhaus zurück. Dort warten sie auf Deborah. Denn sie sind sich sicher, dass sie wieder auftauchen wird.

Bis dahin backt Asrael weiter Erdbeer-Cupcakes.

Kim saß mit Anna in der warmen Küche ihrer gemeinsamen Wohnung. Sie hatte sich eine Decke um die Schultern gelegt. Seitdem sie das kleine Hexenhaus verlassen hatten, waren vier Tage vergangen, in denen Kim kaum gesprochen hatte. Sie war noch immer blass und konturlos, nur die Strähnen blauer Haare waren inzwischen etwas mehr.

»Wie geht es dir, Püppi?«, fragte Anna sie leise.

Sie hatte diese Frage schon ein paar Mal gestellt und bisher keine Antwort erhalten. Sie wusste langsam nicht mehr, wie lange sie noch fragen konnte. Doch dieses Mal antwortete Kim. Es war nur ein flüstern, aber es war eine Antwort.

»Ich weiß es nicht. Jetzt haben wir so lange versucht, herauszufinden, wer ich bin und jetzt bin ich einfach niemand. Nichts. Nur eine Laborratte. Ich meine, wie gehe ich denn nur damit um?«

»Du bist nicht nichts!«, rief Anna energisch. Sie griff über den Tisch und legte ihre Hand auf Kims. »Du bist meine Freundin! Das ist, doch genug, oder?«